KB072810

MLB-메이저리그 1

말리브해적 장편소설

초판 1쇄 찍은 날 § 2015년 10월 22일
초판 1쇄 펴낸 날 § 2015년 10월 29일

지은이 § 말리브해적
펴낸이 § 서경석

편집책임 § 한준만
디자인 § 신현아

펴낸곳 § 도서출판 청어람
등록번호 § 제387-1999-000006호
등록일자 § 1999. 5. 31
어람번호 § 제1-2263호

주소 § 경기도 부천시 원미구 부일로 483번길 40 서경B/D 3F (우) 14640
전화 § 032-656-4452 팩스 § 032-656-4453
http://www.chungeoram.com
E-mail § chungeorambook@daum.net

ISBN 979-11-04-90475-2 04810
ISBN 979-11-04-90474-5 (세트)

FUSION FANTASTIC STORY
1
말리브해적 장편소설
KANG
82
MLB
메이저리그
도서출판 청어람

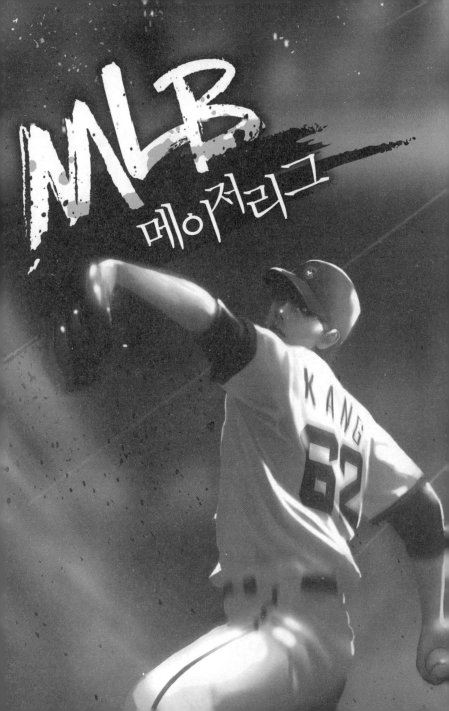

Contents

1. 프롤로그

 삼열은 교실을 나와 운동장을 향해 걸었다. 빛바랜 교복이
그의 얼굴을 더욱 어둡게 만들었다. 그가 향한 곳은 야구부
가 있는 운동장이다.

 194㎝나 되는 그의 큰 키는 사람들에게 위압감을 주기는커
녕 오히려 기괴함을 느끼게 했다. 그 이유는 그가 거대한 체
구를 가진 게 아니라 가늘고 앙상한 체구를 가졌기 때문이다.
그리고 걸을 때마다 뒤뚱거리는 모습이 그를 더욱 이상해 보
이게 만들었다.

 "아, 저 새끼 또 오네."

"내버려 둬. 오든지 말든지."

"그게 아니지. 전교 1등 하는 새끼가 왜 야구부 근처를 기웃거리느냐고."

"듣겠다, 새끼야."

"×발, 들으라고 하는 소리야."

그 말을 들었는지 삼열이 두 사람을 바라보았다. 어둠이 가득한 검고 탁한 눈과 마주치자 둘은 움찔했다. 무섭지는 않지만 기분 나쁘고 음산한 눈길이다.

기분이 나빠 한 대 치고 싶지만 그놈의 전교 1등이 뭔지 손가락 하나도 건드리지 못한다. 1년 전에 일진이 장난으로 그를 살짝 건드렸다가 줄줄이 정학을 맞은 적이 있기 때문이다.

"아, ×발, 재수 없어."

"참아."

"참아야지. ×발, 퇴학당하지 않으려면 별수 있냐?"

계속되는 욕설에 기분이 나쁠 법도 하건만 삼열은 말없이 운동장을 가로질렀다.

8월의 뜨거운 열기가 성난 파도처럼 몰려다니고 있다. 가만히 있어도 땀이 주르륵 흐르고 숨이 턱턱 막혀온다.

"어서 와, 삼열아!"

이태욱이 삼열을 반갑게 맞이했다. 야구부 주장인 그는 이 학교에서 삼열에게 다정히 대해주는 유일한 사람이다.

"안녕하세요?"

"그래, 몸은 괜찮지?"

삼열은 말 대신 씨익 웃었다. 얼굴 근육의 일부가 움직이지 않은 탓에 이상한 미소였지만 태욱은 그런 그를 이해했다.

한 번은 태욱이 왜 아이들과 친하게 지내지 않느냐고 물어본 적이 있다. 그때 삼열은 '그들은 저와 다르니까요'라고 대답했다.

태욱은 시간이 지났음에도 삼열이 말한 '다르다'는 말의 뜻을 아직 이해하지 못하고 있었다. 그가 보기에 삼열은 운동을 조금 못할 뿐 남들이 무척이나 부러워하는 천재였으니까.

저녁이 되어 비가 내리자 한낮의 뜨거움은 마치 거짓말처럼 서늘해졌다.

삼열은 비가 쏟아지자 집을 나와 거리를 걸었다. 차가운 빗방울에 뺨과 가슴, 그리고 사타구니가 순식간에 젖어들었다.

그러나 그는 서늘한 그 감촉이 싫지 않았다. 자신이 살아 있다고 느끼게 해주는 증표 같았기 때문이다.

그는 쏟아지는 비를 맞으며 거리를 무작정 걸었다. 미칠 것 같은, 터질 것 같이 뛰던 심장이 비를 맞자 조금씩 잦아들었다.

거리에는 사람 하나 없었다. 텅 빈 거리를 걷다 보니 문득 멀리도 왔다는 사실을 깨달았다. 이제 돌아가야지 하는데 저 어두운 구석진 곳에서 무엇인가 꿈틀기리는 섯이 보였다.

'뭐지?'

삼열은 가까이 다가갔다. 도둑고양이도 이런 비에는 나다니지 않는다. 그래서 겁이 덜컥 났지만 한편으로는 우스웠다. 더 이상 나빠질 것도 없는데 무엇 때문에 겁을 내나 하는 생각이 들자 담대한 마음이 들었다.

가까이 다가가 보니 남자가 쓰러져 있다.

"뭐지?"

삼열은 자신도 모르게 소리를 질렀다. 남자의 모습이 아주 이상했던 것이다.

아름다운 외모의 백인이었다. 그는 마치 동화나 만화책에서 튀어나온 주인공처럼 생겼다. 그리고 웃기게도 중세 시대에나 볼 법한 그런 갑옷을 입고 있었다. 그것도 플레이트 메일을.

게다가 더 놀라운 것은 남자의 등 뒤에 달린 여덟 개의 날개였다. 흰색의 날개에 섞인 신비로운 푸른빛이 선연한 날개. 그중 세 개가 대각선 방향으로 잘려져 있었다.

'천사?'

믿기지는 않지만 등 뒤의 날개를 보니 믿지 않을 수도 없었다. 누가 이렇게 쏟아지는 빗줄기에 코스프레를 한단 말인가. 미친놈도 하지 않을 것이다. 게다가 이런 곳에서 다 죽어가면서 말이다.

본능적으로 무엇인가 느낌이 왔다. 그것은 운명을 가르는 듯한 아주 날카로운 감각이었다. 삼열은 남자에게 바짝 다가 갔다.

그때였다. 그의 등 뒤로 많은 사람이 나타나 누군가를 찾는 듯 두리번거렸다.

삼열은 본능적으로 그들이 이 남자를 찾는 것임을 알아차 렸다. 삼열은 서둘러 그를 더 깊숙이 밀어 넣었다. 그곳은 다 행스럽게도 어둠이 짙은 곳이라 밖에서는 잘 보이지 않았다.

"빨리 찾아!"

"넵!"

"이 근방에 있을 거야."

삼열은 구석진 곳에 숨어 그들을 바라보았다. 쏟아지는 비 가 다행스럽게도 한 치 앞을 분간하지 못하게 만들었기에 그 들은 삼열을 보지 못했다.

삼열은 그들이 사라지고 나서 한참이 지나서야 구석진 자 리에서 나왔다. 여전히 하늘에서는 비가 내리고 있다.

하늘에 구멍이라도 난 것처럼 쏟아지는 비를 보며 삼열은 남자를 도우려면 바로 지금밖에 기회가 없다는 것을 느꼈다.

주위는 점점 어두워지고 있고 비는 그칠 기세가 아니다. 삼 열은 극심한 추위를 느꼈지만 해야 할 일이 먼저였다. 저 남자, 아니, 천사를 이대로 두면 죽을 것이 분명하기 때문이다.

삼열은 남자를 업을까 하다가 그만두었다. 자신의 빈약한 몸도 문제지만 남자가 입고 있는 갑옷이 감당이 되지 않을 것 같았기 때문이다.

삼열은 뛰기 시작했다. 거리를 둘러보아도 무엇 하나 보이지 않는, 마치 '이상한 나라의 앨리스'에 나오는 세계에 온 것 같은 착각이 들었다. 그만큼 세상은 조용했다.

뛰다 보니 버려진 의자 하나가 어렴풋이 보였다. 바퀴 달린 의자가 제법 쓸 만해 보여 남자가 있는 곳으로 끌고 왔다.

남자는 여전히 죽은 듯이 누워 있다. 파랗게 질린 입술이 남자가 위험하다는 것을 말해주고 있기에 삼열은 혼신의 힘을 다해 남자를 의자에 앉히고 끌었다. 어디서 그런 힘이 났는지 정신을 차리고 보니 집이다.

17평의 작은 아파트에 들어선 삼열은 방에 남자를 눕히고는 보일러를 최대한 올렸다. 여름에 보일러라니. 투덜거리면서도 덜덜 떨고 있는 남자를 살펴보았다.

삼열은 남자의 갑옷을 벗기려고 해보았지만 요지부동이라 포기하고 쓰러지듯 소파에 기대었다.

'젠장, 청소하기 귀찮은데.'

정체불명의 남자를 끌고 오느라 집안이 온통 물바다가 되어버렸다. 한참을 기대어 쉬니 몸의 기능이 정상으로 돌아와 욕실로 가서 따뜻한 물로 샤워했다.

삼열은 샤워를 하고는 거울을 바라보았다. 거울에 비친 앙상한 몸이 그를 보며 웃고 있다.

'이제 얼마나 남았을까?'

시간이 지남에 따라 생명의 기운이 몸에서 조금씩 빠져나가는 것을 느끼는 건 절대 유쾌한 일이 아니다.

누구도 부인할 수 없는 불치병에 한 가닥 희망을 가지고 살아가는 인생이 비참했다. 하지만 그 가느다란 희망마저 없다면 더 이상 살 수도 없을 것이다.

TV를 켜니 오늘 온 비가 20년 만의 폭우였다고 한다. 한 시간 만에 100㎜가 왔단다. 삼열은 멍하게 TV를 바라보다가 목마름을 느끼고는 냉장고에서 물을 꺼내 마셨다.

남자는 이틀이 지나고서야 정신을 차렸다. 그동안 삼열은 학교도 가지 못하고 그를 지켰다.

간호를 하려고 했지만 그럴 필요가 없었다. 보일러 온도를 올리니 남자의 몸이 바로 정상으로 돌아온 것이다.

다만 기절한 듯이 누워 있었기에 혹시나 몰라 옆에서 지켜본 것이다.

"οθη λαθ ωφ μξο."

"일어났구나?"

남자는 삼열을 보고 깜짝 놀라면서 주위를 둘러보았다. 그렇게 한참을 가만히 있었다. 무엇인가를 생각하는 모습이다.

남자가 삼열을 향해 입을 열었다.

"$\delta\epsilon\zeta\ \theta\eta\lambda\epsilon\lambda\ \eta\xi\ \eta\ \delta\zeta o\theta\eta\ \lambda\alpha\theta\ \eta\lambda\ \zeta o.$"

"젠장, 진짜 외계인이었군. 하긴 날개 달린 놈이 지구인일 리가 없지."

삼열은 '혹시나'가 '역시나'로 끝나자 약간 허탈하면서도 생뚱한 호기심이 생겼다.

'이제 어떻게 하지?'

삼열이 걱정하는 사이 남자가 일어나 다가왔다. 가까이서 보니 조각 같은 얼굴이 유난히 아름다웠다. 섬세하고 유려한 얼굴선이 고왔다.

그런데 그의 등 뒤에 나 있던 아름다운 여덟 개의 날개가 사라지고 없었다.

"너 뭐야?"

삼열은 여자보다도 더 아름다운 남자의 얼굴을 바라보며 소리를 질렀다. 그런데 갑자기 몸이 움직이지 않았다. 남자의 투명한 푸른 눈이 자신을 바라보고 있다.

'이 잘생긴 ET 같은 놈이 무슨 짓을 한 거지?'

갑자기 잘생긴 ET가 손을 들어 삼열의 이마에 대었다. 그러자 그의 손이 파랗게 빛났다. 순간적으로 삼열은 눈을 감

았다. 머리가 깨질 것 같은 통증이 엄습했지만 금방 괜찮아졌
다.

남자가 해맑게 웃었다.

"너 이 새끼, 나한테 무슨 짓을 한 거야?"

"미카엘."

"뭐?"

"나는 미카엘."

"네 이름이 미카엘이라고?"

남자가 해맑게 웃었다. 남자인 삼열이 보아도 반할 만큼 밝
은 웃음이다.

신기하게도 그다음부터는 쉬웠다. 미카엘이 한국말을 하기
시작했기 때문이다.

"그러니까 네가 다른 차원의 사람이라고?"

"그래. 난 너희가 말하는 천사 정도가 되겠지. 성경에 네피
림이라고 나오는데, 그들은 우리 종족의 후손 중 하나야."

"천사가 후손도 있어?"

"인간을 사랑한 우리 종족이 여자와 결혼을 했지."

"아~"

"그들은 고대의 용사라고 기록되어 있지만 그 이상의 존재
였어. 하찮은 인간들이 상대할 수 있는 자들이 아니었지."

"하여튼 입만 살아가지고는. 그러면 뭐 해? 너는 하찮은 인

간인 내가 구해주지 않았으면 죽었어."

"그것은 진심으로 고맙게 생각한다."

"그래, 그래야 정상이라고 할 수 있지."

삼열은 자신이 평소보다 훨씬 말을 많이 하고 있다는 것을 깨닫지 못했다. 그리고 대담하고 무례한 말을 거리낌 없이 하고 있다는 것도.

이 낯선 남자는 그를 참지 못하게 만드는 뭔가가 있었다. 그것은 호기심이었다. 그러나 호기심이 지루함으로 변한 것은 얼마 지나지 않아서였다. 작은 집에 남자 둘이 있는 것이 불편해지기 시작한 것이다.

"야, 너는 니네 별로 안 가냐?"

"나 아직 다 낫지 않았다."

"뭐가? 멀쩡해 보이는데."

삼열이 나가라고 말하자 미카엘이 곤란한 표정을 지으며 날개를 펼쳤다.

"뭐 하는 짓이야? 꼴랑 날개 자랑하냐?"

"넌 내가 날 수 있을 것 같냐?"

"아니."

삼열은 미카엘의 말에 바로 대답했다. 잘린 세 개의 날개가 그의 눈에 선명하게 들어온 탓이다.

"그렇다고 여기 있겠다고?"

"은혜는 갚는다."

"뭐, 그렇다면."

사실 미카엘이 시커먼 남자인데다가 조각 같은 미남이어서 같이 있기 싫었지만, 그렇다고 갈 곳 없는 외계인을 내쫓기도 뭐했다. 게다가 은혜를 갚겠다니 조금은 참아보기로 했다.

2. 이상한 동거

혼자 살다가 동거인이 생기자 불편한 일도 있지만 외롭지 않아서 좋았다.

삼열은 하품을 하며 침대에서 일어나 시계를 바라보았다. 여덟 시가 다 되어간다. 무단결석 3일째라 이제는 학교에 가야 한다.

사실 그는 그다지 학교에 다닐 필요성을 느끼지 못했지만 야구가 좋아서 다니고 있었다. 비록 하지는 못해도 뜨거운 숨을 내쉬며 치고 달리는 야구를 보고 있노라면 자신이 살아 있다고 느껴졌기 때문이다.

"이제부터 난 학교에 가야 해."

"인간은 그래야 하지."

"그래, 난 인간이니까."

삼열은 인간타령을 하는 미카엘이 얄미웠지만 그의 말이 틀리지 않다는 것도 알고 있다. 단번에 자신의 기억을 스캔해서 바로 한국말을 하는 놈과 싸우는 것 자체가 논리적이지 않았다.

미카엘은 삼열이 나가자 방 안을 둘러보았다. 지고한 존재인 자신이 이곳에 와서 특이한 놈에게 구원을 받았다.

죽음의 그림자가 비치는 놈이 한마디도 지지 않고 바득바득 덤비는 게 귀여워 그냥 받아주었다. 어쨌든 생명의 은인이 아닌가?

'아주 오랫동안 이곳에 있어야겠구나.'

그는 허리를 펴고 좌우 손을 흔들어 보았다. 그리고 날개를 펼쳐 보았다.

잘려 나간 날개가 초라하다. 날개는 그의 권능을 상징한다. 한 개의 날개를 가진 자와 두 개의 날개를 가진 족속의 능력이나 권능은 천지 차이다. 하물며 여덟 개의 날개를 가진 자신은 군단장급의 파워를 가졌다.

'비참하군. 이는 미카엘 에리오스 투 팔리오게라 핀투스의 치욕이다.'

미카엘은 손바닥을 바라보며 힘없이 웃었다.

"그나저나 이곳은 정말 차원의 에너지가 정말 적군. 그래서 치료하기가 쉽지 않아."

그는 삼열의 컴퓨터를 켜서 정보를 검색하기 시작했다. 한동안 인간 세상에 섞여 살아야 하기 때문이다.

그는 곧 게임에 빠져들었다. 언제 돌아왔는지 삼열이 미카엘이 하는 게임을 보고 있다가 입을 열었다.

"고등한 종족이 이런 것도 하나?"

"제법 재미있네."

"하, 재미야 있지. 그러니 게임폐인이 나오는 거지."

삼열은 유쾌하게 웃었다. 인간을 하등동물 취급하던 미카엘이 정작 그 열등한 인간들이 만든 게임에 빠진 모습이 웃겼기 때문이다.

하지만 그 웃음은 미카엘이 게임을 시작한 지 3일 만에 깨지고 말았다. 그의 캐릭터가 16강화를 한 검을 휘두르며 몬스터를 도살하고 있었기 때문이다.

"헐!"

이미 레벨도 60이 넘어갔다. 어떻게 이런 일이 일어난단 말인가.

초보자가 이 게임을 하면 아무리 밤을 새워도 20레벨 이상 올릴 수 없다. 1차 전직을 하는 20레벨까지는 그나마 잘 오르는 편이지만 그 후부터는 장비를 바꿔주지 않으면 거의 불가능하다 게다가 60레벨이 되려면 파티를 맺고 사냥하지 않으면 레벨이 오르지 않는다.

삼열은 고개를 절레절레 흔들고 침대에 누웠다. 미카엘은 느긋하게 몬스터를 도륙하며 떨어진 아이템과 아덴을 줍고 있다.

'그래, 네가 왕이다.'

삼열은 눈을 감으며 중얼거렸다.

*   *   *

오늘도 의미 없는 학교 수업을 듣고 오는 중이다. 그런데 뭔가 이상했다. 싸한 느낌이 그의 뒤통수를 후려치고 있다.

아니나 다를까, 조금 걸어가니 길에 검은 옷을 입은 남자들이 바쁘게 돌아다니고 있다.

미카엘을 구한 날, 쏟아지는 빗줄기 속에서 어렴풋이 본 그들이었다.

'젠장, 미치겠군.'

삼열은 미카엘이 무슨 짓을 했다는 걸 쉽게 알아차렸다. 그렇지 않다면 검은 옷의 사람들이 저렇게 다급하게 움직이지 않을 것이다. 삼열은 도저히 그들 사이로 뚫고 지나갈 엄두가 나지 않아 근처의 PC방으로 가서 시간을 때웠다.

두 시간 후에 나와 보니 미카엘을 찾는 무리는 더 이상 보이지 않았다.

"휴우."

삼열은 가볍게 한숨을 내쉬고는 집을 향해 걸어갔다. 문을 열고 들어가자 TV를 보고 있는 미카엘의 모습이 보인다.

"어, 일찍 왔네?"

"난 야자 안 하거든."

"그렇군."

미카엘이 고개를 돌려 다시 TV를 시청하려고 했다.

"야, 미카엘. 너 무슨 짓 했지?"

삼열의 말에 미카엘의 어깨가 순간 움찔했다.

"너 밖에 나갔었지?"

"그래, 차원의 에너지를 모아볼까 하고 나갔더니 그놈들이 튀어나오더군."

"그 생각을 못했나? 위대한 종족께서?"

"빨리 부상을 치료할 생각에 실수했다."

미카엘은 자신의 실수를 시원하게 인정했다. 그러고는 고개를 돌려 TV에 다시 눈을 고정시켰다. 삼열은 피식 웃었다.

'고등한 종족이면 뭐 하나, 하는 짓이 애나 마찬가지인데.'

토요일. 아침을 간단히 먹고 삼열은 집을 나왔다. 마트에 가서 반찬거리를 사야 하기 때문이다.

삼열이 집 앞 마트에서 이것저것 사서 바구니에 담는데 누군가 뒤에서 그의 어깨를 툭 하고 쳤다.

뒤를 돌아보니 아름다운 소녀가 그를 바라보고 있다.

"안녕, 삼열아!"

"아, 선배!"

소녀의 이름은 정수화. 예전에 그녀가 같은 아파트에 산다는 것을 알았을 때 그의 가슴이 무척이나 설레던 기억이 있다.

수화는 대광고등학교 3학년 학생으로 그에겐 1년 선배다. 수화는 대광고를 넘어 서울의 3대 얼짱으로 통할 만큼 아름다웠다. 큰 키에 날씬한 몸매와 사슴같이 큰 눈, 긴 머리가 매력적인 소녀다.

"와! 반갑다. 그런데 너는 나를 만나는 것이 반갑지 않아?"

"바, 반가워요."

"호호, 고마워. 그런데 뭘 이렇게 많이 샀어?"

수화는 삼열의 장바구니에 가득 담긴 물건을 보며 물었다.

"아, 네. 귀찮아서 한꺼번에 사려고요."

"그래도 이건 너무했다. 햄, 소시지, 또 햄. 이런 거만 먹으면 몸에 해로워."

"아, 네."

수화가 장바구니를 보려고 몸을 숙였을 때 그녀의 몸에서 나는 향기로 인해 삼열은 정신이 어쩔했다.

수화는 대광고의 학생들이 가장 좋아하는 여학생이었다. 삼열도 그녀를 좋아했다.

얼굴도 몸매도 착하지만 마음씨와 성격 역시 더할 나위 없이 좋은 선배였다. 게다가 공부까지 잘했다.

"삼열아, 장 다 봤어?"

"네, 대충요."

"그래, 그럼 우리 같이 커피 마실까?"

"아, 네."

삼열의 가슴이 갑자기 두근두근 뛰었다. 그녀의 말에 마치 100미터를 전력으로 질주한 것처럼 심장이 맹렬하게 뛰었다.

길을 걸으면 걸을수록 삼열의 심장은 요동을 쳤다. 혹시라도 수화 선배가 자신의 이런 마음을 알아채기라도 할까 봐 그는 더욱 조심스러워졌다.

"무겁지 않아?"

"선배 것은 몇 개 되지도 않아요."

그러면서 삼열은 얼굴을 붉혔다. 아까 계산대에서 슬쩍 본 수화의 물건들을 생각하자 지금도 눈을 어디에 두어야 할지 모르겠다.

그와 달리 수화는 태연했다. 그녀는 여자들만 쓰는 물건을 태연히 그의 앞에 내놓고 계산했다.

"무슨 생각해?"

"아, 아니에요."

수화는 삼열이 얼굴을 붉히는 이유를 알아차렸다. 그러자 저절로 웃음이 나왔다.

"우리 여자들은 그냥 생필품 중 하나라고 생각하니까 너도 그렇게 생각해 줬으면 좋겠어."

"아, 네."

"나도 처음에는 부끄러웠지. 하지만 내가 여자인데 여자인 것을 부끄러워하는 것은 말이 안 되잖아. 우리 여자들이 이런 면에 있어서는 조금 뻔뻔해. 그렇지?"

"아니에요."

황급히 부인했지만 마음의 한 부분을 들킨 것 같아 얼굴이 저절로 붉어졌다. 그런데 다행스럽게도 수화가 그를 바라보지 않고 있다.

아파트 단지가 제법 커서 밖으로 나오는 데 시간이 걸렸다. 중대형 아파트가 대부분인 이곳에서 삼열이 사는 곳은 임대 아파트였다.

처음에는 아파트 내 부녀회에서 고급 아파트 사이에 끼어 있는 임대아파트를 차단막으로 막으려고 했지만 결국 그렇게 하지 않았다.

웃긴 건 그 이유가 강삼열 때문이었다. 전교 1등을 하는 그의 실력이 학부모들의 마음을 사로잡은 것이다. 게다가 학교에 근무하는 선생이 이 아파트에 살게 되면서 삼열이 전교에서뿐 아니라 전국에서도 1등이라는 사실이 암암리에 알려졌다.

덕분에 이곳은 다른 아파트 단지에서는 늘 있는 임대아파트에 대한 차별이 많이 완화되었다. 차단막이 세워졌다면 마트에 오기 위해 단지를 빙 둘러서 한참을 걸어와야 했을 것이다.

삼열은 카페에서 커피를 마시면서도 눈앞에 있는 눈부시게 아름다운 수화 때문에 얼굴을 들지 못했다.

아무리 세상에 달관했다 하더라도 그는 아름다운 소녀를 보면 가슴이 뛰는 소년에 불과했다.

삼열은 중학교 때 1년을 쉬어서 동급생보다 나이가 한 살 더 많았다. 하지만 이는 아무도 모르는 사실이다.

"삼열아."

"네?"

"아니야……."

"……?"

"넌… 연상의 여자는 어떻게 생각해?"

수화의 말에 삼열은 아무 생각도 나지 않았다. 또한 왜 수화가 이런 말을 하는지도 이해되지 않았다. 삼열이 말없이 가만히 있자 수화가 입을 열었다.

"역시 너도 별로구나?"

"아니에요. 선배라면 좋아요."

삼열은 말을 뱉어놓고 아차 싶었다. 이런 말을 하다니. 이건 사랑 고백이나 마찬가지인데.

삼열과 수화는 서로 아무런 말도 못하고 한동안 가만히 있었다. 테이블 위에서는 커피가 식어가고 있었지만 그게 문제가 아니었다.

"……"

"……"

시간이 지나면서 서로 얼굴만 붉힐 뿐이다.

그리고 마침내 수화가 입을 열었다.

"이제 우리 그만 갈까?"

"아, 네."

삼열은 한숨을 쉬며 일어섰다. 발걸음이 천근처럼 무거웠다. 머릿속으로 수없는 자책의 말이 지나가고 있다.

'그런 말을 하다니……'

삼열은 자신의 실수 때문에 마음이 더욱 무거워졌다. 수화가 왜 자신에게 그런 말을 했는지는 모르지만 자신이 한 말은 실수다.

두 사람은 커피숍을 나와 아파트 단지로 걸어갔다. 입구에서 한 블록을 지나자 어느덧 수화의 집 앞이다.

"삼열아, 오늘 고마웠어."

"아, 네."

"그리고… 아니야."

"네?"

얼굴을 들자 수화가 수줍게 웃었다. 그녀의 얼굴이 갑자기 눈에 확 하고 꽂히듯 들어왔다.

"삼열아, 집에 가서 전화해도 돼."

"받아주실 거예요?"

"응, 물론이야!"

삼열은 땅을 보며 발만 동동거리는 수화를 보자 알 수 없는 감정이 울컥 솟아났다.

"아, 그럼 전화 드릴게요."

"응."

삼열은 돌아오는 길이 마치 구름 위를 걷는 것 같아 실감이 나지 않았다.

설마 그녀가 자신을 마음에 두고 있을 것이라고는 한 번도 생각해 본 적이 없다.

누구나 괴물 취급을 하고 피하기 바쁜데 아름다운 그녀가 자신에게 호감을 느끼고 있을 깃이라고는 생각할 수 없었다.

'정말일까?'

아무리 생각해도 믿어지지 않았다.

방에 들어오니 미카엘이 이상한 눈으로 그를 바라보았지만 삼열은 신경 쓰지 않았다. 이 순간만큼은 아무에게도 간섭받고 싶지 않았다.

'아, 선배가 전화하라고 했지?'

삼열은 급히 핸드폰을 꺼내 수화에게 전화를 했다. 신호가 가자마자 다급한 목소리로 수화가 전화를 받았다.

—여보세요.

"저예요, 선배."

—응, 잘 들어갔어?

"네."

수화는 아까와 달리 말이 많았다. 오늘 있었던 사소한 일도 재미있게 이야기했다. 일방적으로 수화가 많은 말을 했지만 삼열은 그래도 좋았다.

정신을 차리고 보니 전화가 끊겨 있다. 그런 그를 미카엘이 보고 희미하게 웃었다.

"짝짓기를 시도하는 중인가?"

"뭐야?"

"이해해. 한창때니까."

은근히 속을 긁는 미카엘의 말이었지만 오늘만큼은 이 좋은 기분을 망치고 싶지 않아서 침대로 가서 누웠다.

그런 삼열을 보고 미카엘이 피식 웃으며 자신의 방으로 건너갔다.

삼열은 창밖은 보지도 않고 아름다운 밤이라고 계속 중얼거렸다. 하지만 창밖에는 비가 부슬부슬 내리고 있었다.

날이 밝았다. 하지만 삼열은 눈을 뜨고도 한동안 침대에 누워 뒹굴었다.

몸도 마음도 상쾌했다. 어제 일이 꿈만 같다. 하룻밤 사이에 아직 덜 여문 소년의 마음속에 사랑이 자라고 있다. 그런 그를 보며 미카엘이 피식 웃더니 옷을 주섬주섬 입기 시작했다. 삼열이 사준 싸구려 옷이 그가 입자 명품처럼 보였다.

"어딜 가려고?"

"보석을 하나 처분하려고 하는데 같이 좀 가자."

"보석?"

"작은 것 하나 처분하려고."

"괜찮겠어?"

삼열은 검은 옷을 입은 남자들을 떠올리며 걱정했다.

"괜찮아. 몇 시간 정도는 완벽하게 내 존재를 숨길 수 있어."

"그렇다면야."

삼열과 미카엘은 집에서 나와 버스를 타고 중심 상가로 갔다. 거기서 미카엘은 눈에 띄는 금은방으로 들어갔다.

그곳에서 미카엘은 유창한 영어로 주인을 홀리고는 보석을 팔았다. 삼열은 놀란 표정으로 미카엘을 바라보았다.

"왜 그런 표정으로 보는데?"

"영어는 언제 배웠어?"

"그까짓 것이 뭐가 어렵다고."

"하하."

삼열은 말없이 웃기만 했다. 미카엘은 뭔가를 하려는 모양이다.

집으로 돌아오자마자 미카엘이 불쑥 말을 꺼냈다.

"너의 짝짓기 대상인 여자는 안 만나나?"

"선배는 고 3이라서 바빠."

"아, 인간들은 끊임없이 시험을 봐야 하지. 초등학교에서부터 고등학교, 그리고 대학교까지. 심지어 회사에 들어가서도 승진 시험을 봐야 한다며?"

"그래, 우리 인간은 경쟁과 투쟁을 통해 역사를 발전시켜 왔어."

"하긴 이해가 돼. 그렇게 하찮은 수명 가지고도 비록 하급 문화이지만 제법 잘 살아가고 있으니."

삼열은 미카엘과 돌아다니면서 이틀간 학교를 더 쉬었다. 그에게 학교는 거의 의미가 없어서 간혹 이유 없이 빠지곤 했지만 학교는 그런 그에게 별다른 조치를 취하지 않았다. 전국 1등의 위엄이다.

*　　　　*　　　　*

학교에 이틀이나 나가지 않자 수화 선배로부터 문자가 왔다.

[어디 아픈 거 아냐? 학교도 결석하고 말이야.]

'어? 내가 학교 안 간 것을 어떻게 알았지?'

삼열은 은근히 기분이 좋았다. 수화 선배가 자신을 걱정해 주는 마음이 느껴졌기 때문이다.

[아, 그냥 집에 일이 있어서요. 한동안 등교하지 않을 거 같아요.]

[그래? 아픈 것은 아니지?]

[네, 아픈 곳은 없어요.]

[나 오늘은 학원 강의 없는 날인데 저녁에 만날까?]

[좋아요.]

[그럼 내가 집에 가서 전화할게.]

[네, 좋아요.]

문자 전송을 마친 삼열은 가슴이 콩닥거려 숨을 크게 내쉬며 호흡을 가다듬었다. 방금 받은 문자는 분명 데이트 신청으로 느껴졌다.

멍하니 서서 아름다운 수화 선배를 생각하자 저절로 입이 벌어지고 눈빛은 몽롱해지기 시작했다.

저녁이 되기 전에 수화에게 전화가 와서 삼열은 아파트 밖으로 뛰어나갔다. 삐걱거리는 뼈가 바람처럼 흔들렸다. 하지만 삼열은 기분이 좋아 그런 사실을 인식하지 못했다.

언제 봐도 수화는 눈부시게 아름다웠다. 청바지에 가벼운 티셔츠를 입었을 뿐인데도 제대로 바라보지 못할 정도로 눈이 부셨다.

"아, 선배."

"왔어? 좀 걷다가 저녁이나 같이 먹자."

"네, 좋아요."

둘이 같이 걷자 서로 손이 닿을 듯 말 듯하여 온몸에 전기가 짜르르 흐르는 것 같아 삼열은 고개를 제대로 들지 못했다. 그것은 수화도 마찬가지인지 얼굴이 분홍빛으로 변했다.

'에라, 모르겠다 하고 손을 잡을까? 하지만 이제 두 번째 만나는 것이고 정식 데이트는 이번이 처음인데.'

욕망과 망설임이 어지럽게 교차했다. 삼열은 자신의 그런 마음이 수화에게 들킬까 두려웠다.

"저……."

"저……."

거의 동시에 말한 두 사람은 약간 당황했지만 수화가 웃으며 삼열에게 먼저 말하라고 했다.

"선배, 요즘 공부는 잘되세요?"

"그저 그래. 아버지가 원하시는 만큼 못해서 조금 불만이지만 뭐 어쩌겠어. 모든 것을 잘하는 사람은 없잖아?"

"맞아요. 선배는 이렇게 예쁜데 공부까지 잘하잖아요."

"내가 정말 예뻐?"

"네, 아주아주. 꽃보다 예뻐요."

"푸흣!"

수화가 행복한 미소를 지었다. 삼열은 활짝 웃는 수화의 얼굴이 태양보다 더 환하게 빛난다고 느꼈다.

그렇게 같이 걷다가 들어간 분식집에서 값싼 돈가스를 먹고 거리로 나왔다. 산들거리는 바람이 좋아 공원을 거닐기로 했다.

공원에서 양아치를 만났는데 삼열은 아무것도 할 수 없었다. 연약한 육체는 제대로 한 대만 맞아도 뚝 하고 부러질지도 모른다.

그런데 얌전해 보이던 수화가 번개처럼 움직여 양아치를 물리쳤다. 삼열은 얼이 빠져 그 눈부신 동작을 망연히 바라보기만 했다. 그녀는 마치 무림의 고수처럼 하늘을 붕붕 날았다,

양아치가 사라지자 수화가 부끄러운 모습으로 고개를 숙이며 말했다.

"어머, 내가 너무 흥분해서 좀 설쳤지? 미안해."

"아, 아니에요."

수화는 오른손으로 손수건을 꺼내 흐르지도 않는 땀을 닦아냈다. 많이 민망한 표정이다. 그럴 수밖에 없는 것이, 그녀는 삼열의 병을 알고 있기 때문에 먼저 나선 것이다.

돌아오는 내내 둘은 말이 없었다. 수화는 수화대로 오늘 자신이 나댄 것에 부끄러운 마음이 들었고, 삼열은 자신의 무기력한 모습에 화가 나서 도저히 말할 엄두가 나지 않았다. 그러다가 수화의 집 앞에 도착했다.

"아~"

수화가 나직하게 신음을 터뜨렸다. 그녀가 내뱉은 작은 소리에 함축되어 있는 아쉬움과 안타까운 감정이 그대로 삼열의 가슴으로 스며들었다.

"오늘은 미안했어요. 선배를 지켜주고 싶었는데… 그러지를 못해서… 부끄러웠어요."

삼열은 말을 하면서도 부끄러워 고개를 숙이곤 질끈 눈을 감았다.

그때였다, 촉촉한 그 무엇이 그의 이마에 부딪쳐 온 것은. 삼열은 깜짝 놀라 눈을 뜨려고 했지만 달콤한 그녀의 향기를 맡게 되자 도저히 그럴 수가 없었다. 수화가 까치발을 하고 두 팔로 삼열의 머리를 잡아당긴 것이다.

얼마나 시간이 흘렀을까. 눈을 뜨자 눈앞에 있던 수화는 사라지고 없었다.

그러나 그녀가 남기고 간 여운은 너무나 깊고 강했다. 지금 심정이라면 꿈속에서도 그녀의 향기가 날 듯했다.

집으로 돌아온 삼열이 침대에 눕자 미카엘이 물었다.

"차였냐?"

삼열이 고개를 천천히 흔들었다.

"그럼?"

"난 왜 이렇게 약할까?"

"강해지고 싶어?"

"응."

"정말?"

"그래, 목숨보다 더 원해."

미카엘이 삼열을 바라보며 말했다.

"내가 그렇게 만들어줄까?"

미카엘의 말에 삼열이 벌떡 일어나 앉아 소리 질렀다.

"그게 가능해? 나, 병이 있는데도?"

"루게릭병? 인간에게는 고칠 수 없는 병이지만 나는 아니지. 내가 말하지 않았나? 나는 무에서 유를 창조할 수도 있는 그런 고귀한 종족이라고."

"정말인가… 요?"

"하지만 지금은 안 돼."

"왜?"

"넌 내 잘려 나간 날개도 보지 못했나? 내 부상도 고치지 못했는데 남의 병을 고칠 수 있겠어?"

"아! 그런데 진짜로 방법이 있긴 있는 거야?"

"당연히 있지. 다만 지금은 안 된다는 것뿐이지."

"내, 내가 어떻게 하면 되는데?"

"금방은 안 돼. 부상을 당하지 않았다면 가능할 수는 있었겠지. 지금 나를 찾아다니는 적이 있는 상황에서 신성력을 사용하는 것은 스스로 죽겠다는 것이나 마찬가지인 거야."

"아!"

삼열은 미카엘의 말에 머리를 부여잡고 그대로 쓰러졌다.

그가 괴로워하는 모습을 보고 미카엘은 결심했다. 반드시 삼열의 병을 고쳐 주겠다고. 목숨을 구함 받았으면 그 은혜가 지극히 크다. 루게릭병을 못 고쳐 줄 이유가 없었다.

"한 달만 기다려. 그 정도만 지나도 나를 찾는 놈들이 줄어들 터이니 말이다."

"정말?"

"그래."

삼열은 미카엘의 말에 다시 벌떡 일어나 앉았다. 미카엘은
그런 그를 보고 빙그레 웃었다. 그는 얼마 전 무심코 차원의
에너지를 받아 부상을 치료하려고 하다가 엄청나게 몰려온
적병의 수에 기겁했다.

'이 수모를 꼭 돌려주겠어!'

미카엘은 은하계의 끝에 있는 세계를 바라보며 주먹을 불
끈 쥐었다.

삼열은 오늘 창피하고 부끄러웠다. 하지만 특별한 불상사가
일어나지 않은 것은 정말 다행이었다. 그러자 안도감이 안개
처럼 그의 가슴에 스며들었다.

비록 수화에게 아무 일도 생기지 않은 것은 다행이지만, 부
끄러운 것은 부끄러운 거라고 생각하며 잠자리에 들었다.

삼열은 자면서 꿈을 꾸었다. 아름다운 수화 선배가 옷을 벗
고 그의 품에 안겼다. 그러고는 온갖 행위를 같이 나누고 한
숨을 돌리는 순간 꿈에서 깨어났다. 그녀의 향기, 그녀의 감촉
이 현실에서도 생생하게 느껴졌다.

사랑의 감정을 느낀 삼열은 이제 당당한 남자가 되고 싶어
졌다. 그녀가 무협지에 나오는 무공의 고수라 하더라도 남자

인 자신이 지켜주고 싶다는 마음이 처음으로 든 날이었다.

햇살이 눈이 부시도록 아름답게 내리비치고 있다.

아파트 안의 작은 정원에는 버드나무와 상수리나무가 있다.

봄이 되어 수려한 버드나무 줄기가 바람에 낭창거리면 마치 바람이 이야기를 거는 듯한 착각에 빠져들곤 했다. 여름에는 상수리나무에 다람쥐들이 모여들어 가을을 기다리곤 했다.

사랑에 빠진 삼열은 상수리나무 밑 그늘진 곳에 앉아 있었다. 그를 보고 다람쥐들은 도망갔지만 한참 동안 삼열이 움직이지 않자 살며시 나타나 호기심 가득한 눈으로 바라보았다.

뜨거운 태양이 내리쬐고 있는 오후, 삼열은 그늘에 앉아 오늘 꾼 꿈에 대해 생각했다.

학교는 가지 않았다. 물론 담임인 김추자 선생에게 전화로 허락을 받았지만 어차피 그런 것은 요식행위에 지나지 않는다.

그는 학교를 하나의 과정으로만 인식할 뿐 굳이 그곳에서 배울 것이 있다고는 생각하지 않았다.

하지만 이성 간의 감정에 대해서는 학교에서도 책에서도 배우지 못한다. 이성 교제에 대한 교본 같은 책이 없는 것은 아니지만, 책은 지식일 뿐 현실에서는 잘 통하지 않는다.

사람과 환경이 다른데 어떻게 그것이 그대로 잘 적용되겠는가.

나지막하게 한숨을 쉬니 지나가던 개미가 바람에 버둥거리다가 재빠르게 개미굴 안으로 사라졌다.

*   *   *

어느덧 한 달이라는 시간이 흘렀다.

삼열은 가끔 수화를 만나기는 했지만 수능을 보는 날이 다가오고 있었기에 오래 함께 있지는 못했다.

삼열은 초조했다. 수화에게 당당한 모습을 보여주고 싶어지자 하루라도 빨리 병을 고치고 싶어졌다. 절망이 희망으로 바뀐 다음부터는 초조함이 그의 마음을 사로잡았다. 남자라면 무릇 자신이 사랑하는 여자에게 멋진 남자가 되고 싶어하는 법이다.

삼열은 학교에서 집으로 오자마자 미카엘에게 말했다.

"이제 한 달이 지났어."

"부상을 치료하기 위해서는 차원의 에너지를 모아야 해. 그런데 이곳에서는 불가능해."

"왜?"

"차원 에너지를 모으면 나의 적들도 알아차리게 되거든. 그리고 이곳은 내가 추락한 곳에서 멀지도 않은 곳이라 하자마자 저들이 니다닐 거야."

"흐음, 그럼 어떻게 해야 하는데?"

"사람이 없는 곳으로 가야지. 그곳에서 천천히 내 상처를 치료하면서 네 병도 고쳐 주겠다."

"정말 루게릭병을 고쳐질 수 있어?"

"확실히! 그리고 네 노력의 여하에 따라 일반인보다 더 강한 육체를 가질 수도 있어."

"하자. 지금 당장."

"준비가 좀 필요해."

삼열은 미카엘의 말을 듣고 매우 기뻤지만 마음 한편이 무거웠다.

이렇게 떠나면 수화와의 끈도 끊어질 확률이 높았다. 하지만 첫사랑 때문에 인생을 포기할 수는 없다. 그렇게 되면 사랑까지 포기하게 되는 것이니까.

루게릭병은 진행이 느리지만 결국은 움직이지 못하는 몸이 되고 만다. 그렇게 된다면 사랑은 무거운 짐이 될 뿐이다. 그러느니 차라리 잠시 수화와의 만남을 포기하는 편이 낫다.

삼열은 학교에 휴학계를 내고 관리비가 빠져나가는 통장에 돈을 충분히 넣어놓은 뒤 관리실에 집을 떠나 한동안 비운다고 통보했다. 시간이 지날수록 준비는 착착 진행되었지만 그럴수록 마음이 무거워졌다.

"선배, 만날 수 있어요?"

─응, 언제 만날까?

"언제 시간 나요?"

─오늘도 시간 있어.

"그럼 오늘 만나요."

─응.

커피숍에서 주스를 마시며 수화가 삼열을 조심스럽게 바라 보았다.

"이야기 들었어. 휴학한다고."

"네, 한동안 떠나 있을 거예요."

"무슨 일인데? 무슨 안 좋은 일 있는 거야?"

"그런 건 아니에요. 얼마나 걸릴지는 모르겠지만 나중에… 나중에 다 말씀드릴게요. 그리고 선배……."

"응?"

삼열은 덜덜 떨리는 입술을 숨기려고 컵을 들어 주스를 한 모금 마셨다.

"…사, 사, 사랑해요."

말을 하는 그 잠깐 사이에 심장이 타오르는 것 같았다. 하지만 지금 이 순간 고백하지 않는다면 사랑이 도망가 버리고 말 것이라는 생각에 고백이 저절로 나왔다.

"응, 나도."

곧이어 들려온 그녀의 대답에 삼열은 자신의 귀를 의심했다.

"네……? 정말요?"

"응."

고개를 끄덕이는 수화의 손을 잡은 삼열의 손이 떨린다. 얼굴로 뜨거운 열기가 몰려 숨을 쉬기도 힘들었다. 하지만 그도 수화도 그것을 인식하지 못했다.

두 사람은 거리를 걸으며 헤어짐을 아쉬워했다. 그럴수록 시간은 더욱 빠르게 지나갔다.

"선배, 반드시 돌아올게요."

"응. 내 마음은 네게 있어. 기다릴게."

"네, 꼭. 그리고 빨리 돌아올게요."

"응."

삼열은 살포시 와 닿는 입술의 감촉에 너무 놀라 한동안 정신을 차리지 못했다.

아주 짧은 순간의 키스였지만 영원처럼 길다고 느껴졌다.

집으로 돌아온 삼열은 자꾸만 입술을 손으로 만졌다. 자신이 여자와 키스했다는 사실 자체가 믿기지 않았다. 그것도 수화처럼 아름다운 여자와 할 줄은 꿈에도 생각하지 못했다.

그는 꿈속을 노니는 듯 몽롱해져 있었지만, 그렇다고 시간이 느리게 흐르거나 멈추는 것은 아니었다.

*   *   *

다음 날, 결국 삼열과 미카엘은 서울을 떠났다.

그들은 가능한 서울에서 멀리 떨어진 곳으로 갔다. 그러다 보니 그들이 간 곳은 결국 지리산 끝자락에 있는 이름 없는 야산이었다.

산은 높고 계곡은 깊었다. 산속으로 조금만 들어가도 신선한 공기와 상쾌한 바람이 지나가곤 했다. 삼열과 미카엘은 등산 가방을 메고 산에 올랐다.

"헉헉, 미카엘. 좀 쉬었다 가자."

"어, 그러지."

"그런데 너, 여기는 어떻게 알아냈어?"

"인터넷으로."

"……?"

궁금해하는 삼열의 표정을 보고 미카엘이 입을 열었다.

"이곳이 여름에는 시원하고 겨울에는 따뜻하다는 기사를 우연히 보았어. 이는 자연의 에너지가 풍부하다는 것이지. 내가 필요로 하는 차원 에너지도 물론 많고."

"그렇군."

미카엘과 삼열은 다시 산을 향해 올라갔다.

점심때는 싸온 김밥을 먹고 물을 마셨다. 늦금이 설성인 시기인데도 산속은 서늘할 정도로 시원했다.

밤이 되자 둘은 야영을 했다. 그리고 다음 날 아침, 미카엘이 회심의 미소를 지으며 말했다.

"여기 있군."

"뭐가?"

"자연 동굴이."

"어디?"

삼열이 주위를 둘러보았지만 주위는 바위와 나무뿐이었다.

"네 눈에는 안 보일 거야."

"쳇, 처음부터 그렇게 말하지."

"잠시만 기다려 봐."

미카엘이 두 손을 모으자 푸른빛이 떠올랐다. 빛의 구체가 번쩍 스치고 지나가자 계곡 사이의 공간에 구멍이 뻥 뚫렸다. 삼열은 입을 쩍 벌리고 믿을 수 없다는 표정을 지었다.

"고급 문화의 효과지. 이를테면 너희가 스마트폰이라는 전화기를 만들 수 있는 수준이라면 우리 종족은 그것을 신체에 심는 것이다. 그리고 근력이나 스피드, 이런 모든 것이 태어날 때부터 인간과는 달라. 네가 보았다는 나의 적들은 100미터를 5초 안에 뛸 수 있는 놈들이지. 그 하급병사들이 말이야.

그러니 인간은 상대가 안 돼."

"그, 그러면 그들은 왜 지구를 정복하지 않는 거야?"

"정복해서 뭐가 나온다고?"

"어? 나오는 것이 하나도 없어?"

"타 차원의 행성을 정복하면 괜히 귀찮아지기만 해. 게다가 우리의 차원을 통치하는 분에 의해 타 행성의 생명체를 임의로 해할 수 없게 되어 있어. 너희의 입장에서는 신으로 볼 수 있는 존재가 통치자시지."

"아, 그럼 신은 존재하지 않는 건가?"

"내가 언제 존재하지 않는다고 했어? 있어. 있는데 그분들은 바쁘시고 통치자는 신만큼 강하다는 이야기지. 통치자도 우리와 같은 몸을 가지고 있거든. 조금 다른 이야기야."

"그래?"

삼열은 눈에 보이지도 않는 신이나 통치자에 관해서는 관심이 없었다. 미카엘의 말을 들어보니 다행히 이들에게는 인간의 삶에 관여할 수 없는 제한이 있는 모양이다.

미카엘이 주위를 한번 둘러보고는 계속 이야기했다. 그는 자신이 우주 공간에서 싸우다가 이곳으로 추락했다고 했다. 그럼 된 거다. 어차피 인간의 삶에 관여하지 않는 종족이라면 문제될 게 없다고 생각하며 뚫린 굴을 멍하니 바라보았다.

동굴은 그의 말대로 정말 있었다. 그냥 있는 것이 아니라 정말 멋진 아지트가 될 만큼 크고 좋았다. 넓고 공기도 제법 잘 통했다. 여름인데도 동굴 안은 상당히 시원하여 지내기도 좋을 것 같았다. 빛이 안 들어와서 어둡다는 것 외에는 문제 될 것이 없었다.

"이제는 이곳에 식량을 쌓아놓아야 해. 다시 마을로 내려가 식량을 사서 가져와야 해."

"또?"

"어쩔 수 없잖아. 나야 1년을 먹지 않아도 살 수 있지만 너는 그렇지 못하니까."

"헉! 1년을 먹지 않고도 살 수 있어?"

"물론이지. 자, 그러니 오늘 내일은 쉬고 모레부터 식량을 사서 나르자고."

"알았어."

삼열은 미카엘이 시키는 대로 할 수밖에 없었다. 이제 그의 미래는 미카엘의 손에 달렸다고 보아도 과언이 아니다.

그는 동굴을 거닐면서 자신이 정말 루게릭병을 이겨낼 수 있을까 생각했다.

미카엘이 제시한 방법은 치료가 아닌 극복. 삼열은 그 말을 듣자마자 자신이 엄청나게 노력해야 한다는 사실을 깨달았다.

창조할 수 있는 권능을 가진 미카엘도 신성력을 마구 사용할 수 없으며 그 또한 상당한 부상을 입었다.

'그래, 내일은 나만의 태양이 반.드.시. 떠오를 거야. 반드시. 내가 그렇게 만들 거야.'

삼열은 슬리핑백에서 잠이 들면서도 다짐을 거듭했다.

주사위는 던져졌으니 이제는 긍정의 힘을 믿고 기적을 기다릴 차례였다. 세상은 포기하기에는 너무나 아름답다. 아니, 인생이, 생명이 귀하고 귀하여 놓치기에는 너무도 아까웠다.

삼열은 병에 걸리기 전에는 알지 못했다. '상실'을 통해 비로소 '가치'를 이해하게 된 것이다.

3. 새로운 시작

　동굴에서의 생활이 시작되자 모든 것이 불편했다. 잠자는 것에서부터 식사는 물론 소변, 대변을 보는 것까지 불편하지 않은 것이 하나도 없었다. 집 떠나면 개고생이라는 말이 정말 맞았다.

　삼열과 미카엘은 주위를 정돈하는 데만 이틀이 걸렸다. 이틀 쉬고 시작하자더니 그러기는커녕 온갖 노가다를 해야 했다.

　산을 내려가면서 삼열이 걱정스러운 표정으로 미카엘에게 물었다.

"그런데 어떻게 생필품을 충당할 거야?"

"아주 잘."

"농담하지 말고."

"간단한 것이니 고민하지 않아도 돼."

미카엘과 삼열이 시내에 나왔을 때는 이미 늦은 밤이 되어버려 저녁을 사 먹고 모텔에 들어가 잠을 잤다. 따뜻한 물에 목욕하니 온몸이 나른하고 기분이 좋아져서 삼열은 깊이 잘 수 있었다. 그는 자면서 건강한 몸으로 수화와 행복하게 사는 꿈을 꿨다.

아침이 되자마자 미카엘은 서둘러 마트에 가서 박스 단위로 물건을 사기 시작했다. 그렇게 온갖 종류의 물품을 사고는 트럭 한 대를 불러달라고 했다.

"아니, 손님. 저희가 배달을 해드릴 수가 있습니다."

마트 주인이 친절한 미소를 지으며 말했음에도 미카엘은 고개를 저었다.

"그냥 트럭 하나 불러주십시오. 다른 것도 사야 합니다."

"아, 그럼 몇 톤 트럭을 불러드릴까요?"

"2톤짜리면 되겠군요."

"아, 네."

마트 주인은 어디서 단체로 합숙 훈련이라도 나왔느냐고 물었지만 미카엘은 웃기만 했다.

20분 만에 트럭이 와서 짐을 실은 뒤 이번에는 전자제품 판매장에서 노트북과 TV, 전기 포트 등을 사기 시작했다.

삼열은 이해가 되지 않았다. 산속에 무슨 전기가 있다고 저런 것을 산단 말인가. 하지만 삼열은 소위 고급문화에서 살던 미카엘에게 무슨 방법이 있을 것으로 생각했다.

그렇게 필요한 것을 사고 미카엘이 산 밑까지 오는 데는 불과 몇 시간도 걸리지 않았다. 미카엘은 이 모든 일을 빛의 속도로 처리했다.

옆에서 지켜보던 삼열은 그가 일을 처리하는 모습에 감탄하며 연신 고개를 끄덕였다. 미카엘은 수완 좋게도 짜증을 내는 트럭 운전사를 구슬려서 들어오기 힘든 산 입구까지 올라오게 만들었다.

짐을 내려놓고 트럭이 사라지자 미카엘은 커다란 천을 펼쳐 거기에 물건을 쌓기 시작했다. 그리고 밧줄로 단단히 묶은 다음 말했다.

"여기서 조금만 기다려."

"혼자 가려고?"

"그래. 여기서 대충 허기를 때우고 있으라고."

미카엘은 말이 끝나자마자 산더미만큼 큰 짐 더미를 아주 가볍게 들고 산속으로 성큼성큼 걸어가더니 순식간에 사라졌다.

"젠장, 힘 하나는 엄청나군. 하급군병이 100미터를 5초에 달린다고 하더니 거짓말이 아니었나 보네."

미카엘은 군단장급인 지천사다. 당연히 그에겐 이따위 짐 덩어리를 옮기는 일은 아무것도 아니었다. 그가 부상을 입지 않았다면 마력을 이용하여 한 번에 옮길 수도 있었다.

미카엘은 두 시간 만에 돌아왔다.

"헉! 벌써 갔다 온 거야?"

"그렇다. 뭐 그까짓 것 가지고 그렇게 놀라? 나를 인간과 동등하게 보지 마. 그건 우리 종족에 대한 실례라고."

"그, 그렇지."

"자, 가지."

두 번째 짐은 첫 번째보다 더 많았지만 주로 큰 덩어리들이라 짐을 꾸리는 데 걸린 시간은 훨씬 적었다. 미카엘이 앞장서서 걸어갔다.

산더미 같은 짐을 가볍게 지고 가는 그의 모습이 삼열은 너무나 이상했다. 마치 현실이 아닌 것처럼 느껴졌다.

그런데 이번에는 저번에 갔던 길로 가는 것이 아니라 산을 일자로 가로지르고 있다. 장애물이 나타나면 미카엘은 날개를 사용했다.

삼열은 미카엘의 손에 잡혀 허공을 가로지르면서 스쳐 지나가는 거대한 나무와 바위를 내려다보았다. 그는 순간 말할 수 없는 자유와 미묘한 우월감이 들었다. 인간이 하늘을 날 수 있다면 지금의 이런 기분일 것이다.

마지막으로 절벽에서 뛰어내리자 바로 동굴 앞이다.

"휴, 힘들군."

"아, 힘들었어?"

"부상을 입은 내가 짝짝이 날개로 나는 것이 쉽겠냐?"

"물론 아니지."

미카엘은 동굴 안으로 들어가서는 쉬겠다고 말하며 매트리스 위에 누웠다.

"……"

그가 힘들다는 것은 이해가 된다. 하지만 그렇다고 저 많은 짐을 어떻게 혼자 나른단 말인가. 삼열이 미카엘을 바라보자 그는 죽은 듯이 누워 있다. 정말 힘이 많이 들었던 모양이다.

삼열은 할 수 없이 작은 짐부터 천천히 나르기 시작했다. 일단 가전 기기부터 동굴 안으로 옮겼다. 비록 10여 미터의 짧은 거리를 옮기는 것이지만 삼열에게는 엄청나게 힘든 일이었다.

얼마 안 가 부실한 육체가 삐걱대기 시작했다. 평소에 운동을 하지 않아서이기도 하지만 그보다는 루게릭병 탓이 더 컸다.

결국 그는 미카엘이 사용한 밧줄과 천을 이용하여 짐을 날랐다.

먼저 가느다란 나무를 밧줄로 묶어 천이 땅에 닿지 않도록 하고 그 위에 짐을 묶어 동굴 안으로 질질 끌어서 옮겼다.

짐을 한 번 옮길 때마다 육체가 찢어질 듯 비명을 질러댔다. 평범하지 않은 몸을 타고난 것이, 아니, 병든 몸이 이렇게 고통스럽다는 것을 처음으로 알았다.

일을 끝마치고 나자 주위에 어둠이 짙게 드리워져 있다. 삼열은 기진맥진하여 겨우 매트리스 위에 몸을 던질 수 있었다.

그래도 일을 마쳤다는 성취감이 가슴 한가운데 뿌듯한 감정으로 솟아나서 피곤함이 조금은 덜 느껴졌다. 그리고 바로 그는 깊은 잠에 빠졌다.

아침이 되어 삼열은 잠에서 깨어났다. 극심한 허기로 배를 움켜쥐었다. 하지만 온몸에 가해지는 고통에 비하면 배고픔 따위는 아무것도 아니었다. 가만히 있어도 몸이 결리고 근육은 뾰족한 송곳으로 콕콕 찌르는 것 같았다.

"으아~!"

삼열은 자신도 모르게 크게 소리를 질렀다. 하지만 미카엘은 아무런 반응도 하지 않고 죽은 듯이 누워서 움직이지 않았다.

아파트에서 생활했을 때 미카엘은 아침 일찍부터 일어나 게임을 하곤 했다. 그런데 오늘의 그는 시체처럼 움직이지 않았다. 그런 모습을 보고 삼열은 그의 부상이 아주 심하다는 것을 알아차렸다.

몸이 고통에 조금씩 적응하자 이제 극심한 허기가 찾아왔다. 배가 등짝과 붙어 소리를 질러대고 있다.

참을 수 없는 배고픔에 삼열은 기어서 초코파이가 있는 박스까지 갔다. 그런데 그 짧은 거리를 이동하는 데조차도 시간이 너무 걸려서 가는 중에 눈물이 저절로 흘러내렸다.

울려고 우는 것이 아니라 너무나 아파서, 말 그대로 자각을 하지도 못하는 사이에 눈물이 흘러내렸다.

어찌어찌해서 초코파이를 한입 베어 무는 순간 서러움이 눈물보다 더 크게 마음속에 흘렀다.

다른 사람은 잘도 사는데 왜 나는 이런 고통을 받아야 하는가 생각하니 자신의 운명이 너무나 억울했다.

아버지, 어머니를 한날한시에 사고로 여의고 있는 재산은 작은아버지라는 작자가 날려 먹었다. 그리고 자신은 천형인 루게릭병에 걸렸다.

나이가 많은 것도 아니다. 이제 겨우 고등학교 2학년이다. 남들은 평생 동안 받을까 말까 한 고난을 어린 나이의 몸으로 받아내고 있는 것이다.

아침이 되었지만 동굴 안은 여전히 어두웠다. 그래서 삼열은 지금이 밤인지 낮인지 알기 위해 동굴 밖을 한동안 바라보고 있어야 했다.

삼열은 스마트폰을 꺼내 수화의 사진을 봤다. 아름다운 그 얼굴이 자신을 바라보고 있다고 생각하니 마음이 조금씩 진정되었다.

'반드시 돌아갈게요, 선배.'

삼열은 수화의 사진을 보며 거듭 다짐했다.

처음 찾아온 사랑이다. 처음에는 오며 가며 눈여겨보던 여자가 학교 선배라는 것을 알고는 낙심했다.

그런데 먼저 말을 걸어온 것은 수화였다. 기분이 말할 수 없이 좋았다. 사랑이 찾아오자 세계가 완전히 바뀌었다. 회색의 도시가 밝고 싱그러운 세상으로 변한 것이다.

초코파이 하나로 배고픔이 사라질 리 없다. 다섯 개를 먹어 치우고 허기가 어느 정도 사라지자 아침을 해서 먹어야 한다는 사실을 알았다. 먹어야 사니까.

쌀을 꺼내 대충 물에 씻고 버너에 불을 붙였다. 밥이 익는 시간이 지루하게 느껴져 삼열은 반찬이 될 만한 것을 찾았지만 어디에 있는지 잘 보이지가 않았다.

작은 랜턴으로 이 모든 일을 하기에는 도무지 엄두가 나지 않아 밥이 다 되자 그냥 맨밥을 허겁지겁 먹었다. 그래도 배에 밥이 들어가자 힘이 나기 시작했다.

미카엘이 일어나야 그가 동굴을 밝힐 수 있을 터인데 지금은 어쩔 도리가 없었다.

*　　　*　　　*

미카엘은 사흘 만에 깨어났다. 그는 일어나자마자 어둠을
밝혔다. 이전에는 그가 손짓 한 번 하면 동굴 안이 말할 수 없
이 밝아졌는데 지금은 겨우 어둠을 분간할 수 있을 정도이다.

말을 하지 않아도 삼열은 그가 몸이 좋지 못하다는 것을
이제는 안다.

삼열과 미카엘은 짐을 정리하기 시작했다. 일단 중요한 것
부터 나누어 정리하고 나머지는 천천히 하기로 했다.

다행인 것은 삼열의 몸도 조금은 나아졌다는 것이다. 그래
도 아직은 움직일 때마다 근육이 비명을 질러댔지만 아주 천
천히 움직이면 괜찮았다.

점심을 지어 먹고 커피까지 타 마시며 미카엘이 쓴웃음을
지었다.

"생각보다 부상이 심했던 것 같아."

"그렇게 보였어."

"이제 본격적으로 부상을 치유해야지. 적어도 일주일간은
너를 도울 수 없다. 네 병은 인간의 관점으로 보면 병의 진행
속도를 늦추는 것만 가능하다. 하지만 나는 완전히 너를 고쳐

줄 수 있다. 너는 스스로 네 운명을 시험해야 해 전에 내가 말했시. 우리는 인간들의 삶에 관여할 수 없다고. 그래서 내가 너에게 줄 수 있는 도움은 네 의지에 달려 있다. 나는 네 몸에 '의지의 씨앗'을 심어놓을 거야. 네 의지가 약하면 너는 병을 이겨낼 수 없을 테지만 네가 이 산보다 더 큰 의지를 보여준다면 너는 인간 중에서 최고의 몸을 가지게 될 것이다. 인간의 운명은 인간의 손에 의해 결정되어야 해. 그러니 너는 스스로 단련해야 한다."

"알았어. 문제없어."

"그러면 저기 가스 랜턴을 사용하도록 해. 나는 일주일 정도 차원 에너지를 모아야겠어. 시간이 더 걸릴 수도 있으니 네 일은 네가 알아서 해라."

"그래, 부상이나 잘 치료해."

미카엘은 다시 커피 한 잔을 타서 마시며 삼열을 보고 나직하게 웃었다.

"그래도 너를 만날 수 있어서 다행이었다."

"......"

"내가 받은 은혜에 비해 너무 작은 보답을 해서 미안하다. 하지만 이것은 우리 종족의 율법이니 어쩔 도리가 없어."

"그렇지 않아. 넌 내게 희망을 선물했으니까."

"그래, 인간에게는 희망이야말로 가장 중요한 가치 중 하나지."

미카엘이 다시 웃었다. 그 환한 웃음에 삼열은 동굴 안이 밝아지는 느낌을 받았다.

미카엘이 치료하는 동안 삼열은 고통을 참으며 육체를 단련했다. 처음에는 동굴 안에서 걷기부터 시도했지만 일주일 만에 팔굽혀펴기를 할 정도가 되었다. 비록 세 개가 최대치였지만 그것만으로도 비약적인 발전이다.

일주일 후, 정말 미카엘은 예전의 모습으로 돌아왔다. 그런 그를 보자 삼열은 무척이나 즐거워졌다.

"많이 기다렸지?"

"아니, 괜찮아."

"참는 김에 더 참아. 지금의 상태로 네게 씨앗을 심어주면 너무 미약할 거야. 네 의지와 무관하게 병을 이기지 못할 수도 있다."

"기다릴게."

"그래, 하루 이틀에 해결할 수 있는 문제가 아니니까. 그리고 씨앗을 받을 때 네 육체가 강하면 강할수록 씨앗도 효과가 있으니 하루도 거르지 말고 육체를 단련시켜."

"무슨 말인지 알겠어."

삼열은 미카엘이 말하는 그 씨앗이라는 것이 아마도 잠재

능력을 증폭시키는 것의 일종이 아닐까 하고 생각했다.

미카엘이 이전의 모습으로 돌아온 후의 생활은 편해졌다. 그는 몇 가지 도구를 이용하여 안테나를 만들고 전기도 만들어냈다.

"혹시 핸드폰 안테나도 만들어줄 수 있어?"

"물론 가능하지. 그런데 그러려면 다시 산을 내려갔다 와야 해."

"아, 어떻게 안 될까?"

"휴, 너의 짝짓기를 위해 내가 수고를 한 번 더 해주지."

"아, 고마워."

"오늘은 늦었고 내일 일찍 갔다 오지. 넌 여기서 기다려라."

"그래."

다음 날, 아침을 먹고 미카엘은 산을 내려갔다. 삼열은 그를 기다리며 육체를 단련하였다.

팔굽혀펴기를 하루에 한 개씩 늘려가기로 결심했는데 그것이 마음처럼 쉽게 되지 않았다. 이제 겨우 네 개를 할 수 있다.

팔굽혀펴기가 끝나면 상당한 시간을 쉬어준 다음 다시 일어서고 앉기를 반복했다.

희망이 생기자 야구에 대한 열망도 살아났다. 하체를 강화해야 마운드에 설 수 있다고 생각한 삼열은 이 운동을 하루 종일 했다.

생각 외로 하체 훈련은 어렵지 않았다. 그동안 꾸준하게 사용해 온 근육이라 비록 조금 다르게 운동을 하지만 무거운 것을 들고 하는 것이 아니어서 어려움은 없었다.

저녁이 되어서야 미카엘은 짐을 한 보따리 짊어지고 돌아왔다. 동굴 속의 문화 시설은 아파트 생활과 비교하면 부족하지만 그런대로 만족스러웠다.

시간이 흘러갈수록 삼열의 몸은 건강해지기 시작했다. 미카엘의 특수한 능력 덕인지 운동한 후에 그가 몸을 만져 주면 이상하리만치 몸이 가벼워졌다.

미카엘이 훈련의 강도를 강하게 몰아붙이자 삼열은 하루하루가 죽을 맛이었다. 하지만 삼열은 자신의 몸이 조금씩 좋아지는 것을 느끼게 되자 말할 수 없는 희열을 느꼈다.

포기한 몸이었다. 운명이라고 체념한 절망이 이제는 서서히 부서지고 있었다. 그리고 마음속의 희망이 찬란한 태양보다 더 뜨겁게 떠올랐다. 이제는 포기하지 않고 운명에 맞서 싸울 용기와 자신감이 생겼다.

부실한 몸이기에 무슨 대단한 훈련은 할 수 없고, 한다는 것이 고작 산을 오르는 일이다. 하지만 그것만으로도 엄청난 운동이 되었다.

삼열은 끝없이 희망적인 말을 되뇌며 반드시 변해서 돌아갈 것을 결심했다. 그러나 운명을 바꾸기에는 시간도 육체도 만만치 않았다. 육체는 아주 느리게 좋아졌으며 반면 시간은 빠르게 흘러갔다.

삼열이 몸을 단련하는 데 전념할 때 미카엘은 동굴에서 자신의 몸을 치유하기 시작했다. 그리고 차원 에너지를 모으곤 했다.

산에는 겨울이 일찍 찾아왔다. 가을이 스치듯 지나가더니 첫눈이 내렸다. 미카엘의 말대로 이곳은 겨울인데도 여느 산과는 달리 그렇게 춥지 않았다.

더욱이 동굴 안은 오히려 따뜻하기까지 했다. 신기한 일이었다. 미카엘이 사 온 고기를 저장하는 데 지장이 있을 정도였다.

고기를 별로 좋아하지 않는데도 미카엘은 삼열을 위해 엄청나게 구입해 왔다. 잘 먹어야 훈련도 버틸 수 있다고 하면서.

미카엘은 이후에도 몇 번 더 산을 내려갔다 왔다. 그때마다 필요한 것을 사 왔는데, 그중에서 완력기를 시간이 나는 대로 하도록 했다. 그리고 허리 운동과 팔굽혀펴기 등 신체에 무리가 가지 않는 운동을 중점적으로 시켰다.

또 항상 어깨를 움츠리고 다닌 탓에 안 그래도 좁은 어깨가 더 좁아진 그에게 숄더 프레스와 같은 운동을 병행하도록 했다.

인간의 어깨 근육은 평소 잘 쓰지 않아서 잘 다치고 또 회복도 잘 안 되는 편이라 무리하지 않는 범위 내에서 했다.

훈련의 강도가 올라갈수록 삼열이 먹는 식사량도 따라서 늘어났다.

고기 위주로 먹을 수밖에 없는 식단이어서 몸은 생각보다 좋아졌다. 야채는 부피가 커서 요리해 먹기가 힘들다. 그래서 주로 김치와 같은 발효 식품을 한꺼번에 사 와서 먹고 나머지는 비타민C와 같은 영양제로 대체했다.

삼열은 기본적인 훈련만 마친 채 동굴 안을 서성였다. 그 모습이 이상했던지 미카엘이 한마디 했다.

"뭐 해? 하라는 운동은 하지 않고?"

"아, 얼마 있으면 수능이 시작되는데……."

"그게 너와 무슨 상관이 있는데?"

"수화 선배가 이번에 수능 보거든."

"그래서?"

"뭐가 그래서야. 사귀는 사이면 수능 보기 전에 남자가 챙겨줘야 하는 거야."

"아, 너의 그 짝짓기 상대?"

"참, 너도. 남자와 여자가 사귄다고 다 그걸 하는 건 아니야."

"흠, 내가 아는 사실과 다른데? 그럼 너는 그 여자와 안 할 거야?"

"뭐… 그건 아니지만."

"그럼 짝짓기가 맞네. 하면 새끼가 태어날 수도 있으니까."

"그렇기는 하지만 짝짓기는 동물에게 쓰는 말이야."

"내 눈엔 동물이나 인간이나 같아 보인다."

"쩝, 그래, 네 마음대로 말해라."

"그렇다고 훈련을 빼먹을 거냐?"

"하루 안 한다고 죽냐?"

"네 모습을 모르는군. 네가 그냥 보통 몸이냐? 넌 루게릭병 환자라고."

"알았어. 하면 되잖아."

삼열은 버럭 화를 내고는 밖으로 나가 산을 탔다. 산을 오르면서도 오직 수화에게 무슨 선물을 보낼까 하는 생각뿐이다. 그러다가 그는 발을 헛디뎌 가파른 비탈길을 구르기 시작했다.

"으아아아악!"

저절로 비명이 튀어나왔다. 비록 구른 거리는 별로 되지 않지만 경사가 가파르고 무엇보다도 돌이나 뾰족한 나무가 많아 부상이 심했다. 여기저기 찢어져 피도 흐른다.

무엇보다도 참을 수 없는 것은 고통이었다. 어떻게 일어나 되돌아가려고 해도 한 발자국을 걸을 때마다 발목에 엄청난 통증이 동반되었기에 자리에 주저앉았다.

다리를 보니 뼈가 부러지거나 하지는 않았는데 근육이 놀라고 인대가 늘어난 것 같다. 그리고 심하지는 않지만 피도 흘러내리고 있어 체온이 갈수록 떨어졌다.

"아, 큰일인데……."

삼열은 어찌할 바를 몰랐다.

그때 멧돼지가 나타나 삼열에게 천천히 다가오기 시작했다. 피 냄새가 멧돼지를 자극한 모양이다.

'가란 말이다. 제발!'

마음속으로 빌고 빌었지만 피 냄새를 맡고 흥분한 멧돼지는 삼열을 향해 달려들기 시작했다. 삼열은 온 힘을 다해 나무 뒤로 피하려고 했지만 안타깝게도 한발 늦었다.

이제 이렇게 죽는구나 생각하는 찰나, 눈앞의 멧돼지의 머리가 터져 그 자리에서 쓰러졌다.

삼열이 놀라 주위를 급히 둘러보니 미카엘이 언덕 위에서 그를 비웃고 있다. 그래도 삼열은 고마웠다. 그가 아니었다면 죽었을 것이다.

멧돼지의 머리에는 작은 돌 하나가 박혀 있다. 그제야 미카엘이 지구인이 아닌 다른 종족이라는 것이 실감났다.

미카엘은 훌쩍 언덕 위에서 뛰어내려 그와 멧돼지를 번갈아 바라보았다.

"고마워."

"한심하군. 훈련에 집중하지 못하고 여자 생각이나 하고."

미카엘은 멧돼지를 한 손에 들고 중얼거렸다.

"한동안 고기 사러 가지 않아도 되겠군."

말을 마친 그는 삼열을 어깨에 둘러메고 언덕 위로 뛰어올라 바람처럼 달려 동굴로 돌아왔다. 거꾸로 매달린 삼열은 어지러워 구역질이 나는 것을 억지로 참았다.

동굴 안의 침대 위에 던져진 삼열을 내버려 두고 미카엘은 작은 칼을 들고 계곡으로 내려갔다. 거기서 그는 멧돼지의 가죽을 벗기고 내장을 분리했다. 그러고는 고기를 뼈째로 잘라 동굴로 돌아왔다.

냉동고로만 쓰이는 작은 냉장고 안은 고기로 가득 차 있다. 미카엘은 '어쩔 수가 없군'이라고 중얼거리더니 고기를 한쪽 구석에 던져 놓았다. 그러고는 TV를 보기 시작했다.

삼열은 TV를 보면서도 눈치가 보여 완력기를 계속하였다. 온몸이 시큰거렸지만 쉬었더니 손은 움직일 만했다.

그는 자신의 꿈을 이루기 위해 쉴 수 없었다. 저 외계인인 미카엘이 도움을 주겠다고 할 때 잡아야 한다. 희망이라는 꿈을 말이다.

미카엘이 저녁을 하면서 구박해도 삼열은 아무 말도 할 수 없었다. 돌판 위에서 구운 멧돼지 고기가 저녁 식사거리가 되었다.

약간 역겨운 냄새가 나서 후추를 뿌리고 굽자 신선한 육즙이 입안 가득 고였다. 살코기의 신선도가 목구멍을 넘어가면서 소리를 질렀다.

소고기를 구워 먹는 것과는 차원이 달랐다. 원래 소고기는 많이 먹지 못해도 돼지고기는 많이 먹는다는 속설처럼 배가 터지기 직전까지 멧돼지 고기가 들어갔다.

그렇게 먹어도 고기가 많이 남았다. 미카엘이 커피를 타서 주자 삼열은 고맙다고 하고 마셨다.

"너, 저 고기 때문에 위험했는데 저거 먹으면 다 나을 것 같나?"

"그것은 좀 자신 없는데."

상처가 아무는 것은 삼열이 마음대로 조절할 수는 없는 일이다. 미카엘이라면 몰라도.

"여자가 네 인생의 방해물이 될 수도 있다는 것을 이번 기회를 통해 알았으면 한다."

"미안해. 하지만 수화 선배에 대해서 나쁘게 말하지는 마. 다 내 잘못이니까."

"누가 뭐라고 했어?"

"아니, 그냥 그렇다고."

삼열은 침대에 이틀을 누워 있다가 삼 일째 되는 날 겨우 걸을 수 있게 되었다.

*　　　　*　　　　*

다시 운동을 시작하려니 그새 굳어버린 몸이 비명을 지른다. 몸이 완전히 낫지 않은 탓이다. 하지만 마냥 편하게 침대에 누워 있을 수만은 없었다.

그에게는 꿈이 생겼다. 그러니 아파도 일어나야 한다. 그리고 훈련을 해야 한다. 이젠 비참한 과거로 돌아갈 수 없었다. 그가 겪은 어둠의 시간이 많은 만큼 그와는 반대로 투지가 끓어올랐다.

삼열은 비명을 지르고 눈물을 흘리면서도 훈련을 해나갔다. 흘린 눈물의 양에 비례해 그는 소년에서 청년이 되어가고 있었다.

시간이 흘러 어느덧 겨울의 한복판에 다다랐다. 온 산이 눈으로 뒤덮여도 그는 멈추지 않았다.

마침내 미카엘은 그의 몸을 보더니 씨앗을 심어주기로 했다.

"고통스러울 거야. 하지만 네 의지가 강하니 버틸 수 있을 것으로 믿어. 너는 어떤 인간보다 더 강해질 수 있어. 넌 허약한 종족 중에서 미련하리만치 끈기가 있는 남자이니까."

미카엘은 자신의 손이 붉은색으로 변하자 그 손을 삼열의 심장에 갖다 대었다. 그러자 손가락 사이에서 정말 붉은 씨앗이 나오더니 삼열의 심장으로 무지막지하게 파고들어 갔다.

"으악!"

삼열은 씨앗을 받자마자 비명을 지르며 기절하고 말았다.

"내가 과대평가했나? 하긴, 의지가 아무리 강해도 이렇게 허약해서야 소용이 없지. 귀찮게 되었군."

중얼거리며 미카엘은 삼열의 몸을 주물렀다. 그가 주무를 때마다 푸른 섬광이 삼열의 몸을 어루만졌다.

"휴, 오늘은 여기까지. 지난번처럼 무리할 수는 없지. 그리고 네 운명은 지금부터다."

미카엘은 잠들어 있는 삼열의 얼굴을 손으로 툭툭 쳤다.

"인간, 행운을 빈다."

말을 마치자 그의 등에서 날개가 돋아났다. 여덟 개의 날개다. 그는 마침내 부상을 완벽하게 치료한 것이다.

"인간, 안녕이다. 우리의 율법이 아니었다면 너에게 더 큰 선물을 주고 갔을 텐데 이것이 내가 줄 수 있는 최선의 선물이다."

미카엘은 작은 상자를 삼열이 잠든 머리맡에 놓았다.

"너의 짝짓기도 성공하기를 바라고 부디 행복하기를 바란다 네 의지면 충분히 성공할 기라고 믿어. 이제는 나를 이렇게 만든 자들에 대한 복수가 급해 더 이상 너와 같이 있어줄 수 없구나. 굿 럭!"

미카엘의 몸이 날개로 모두 가려지자 투명하게 빛이 나더니 순식간에 흔적도 없이 사라졌다. 그가 사라진 동굴 안에는 적막이 자리를 잡았다.

삼열은 눈을 뜨는 순간 이상한 느낌을 받았다. 주위가 너무나 조용했다. 이맘때면 항상 미카엘이 TV를 보거나 컴퓨터를 가지고 뭔가를 하고 있었다.

'뭐지?'

삼열은 벌떡 일어났다. 그러고는 주위를 둘러보았다. 어디에도 미카엘은 보이지 않았다.

"미카엘!"

그의 목소리가 동굴 벽에 부딪쳐 웅웅거리며 울다가 다시 '미카엘!' 하고 되돌아왔다. 공허한 메아리가 이상하게 삼열의 마음에 걸렸다. 마치 맛있게 먹던 생선가시가 목에 걸리기라도 한 것처럼 불안한 마음이 그를 불편하게 만들었다.

급하게 주위를 둘러보니 침대 머리맡에 작은 상자 하나가 보인다. 열어보니 다이아몬드보다 더 빛나는 푸른 보석이 빛나고 있다.

"와우!"

보석은 무슨 유명한 경매 사이트에서나 볼 수 있는 물방울 다이아몬드만큼이나 컸다. 아마도 이것이 다이아몬드라면 세계 10대 다이아몬드 반열을 당당히 차지할 것이다.

한동안 삼열은 홀린 듯 보석을 보다가 주위를 둘러보았다. 미카엘이 늘 앉아 있던 자리에 또 다른 큰 상자 하나가 놓여 있고 그 위에 메모지가 보인다.

소년이여, 이제 안녕이다.

내 생명을 구해준 은인인 너와 함께한 시간은 즐거웠다. 상자에 든 것은 그동안 내가 너를 위해 만든 것들이다. 인간에겐 돈이 중요한 것 같아 조금 만들어보았다. 너의 행운을 빈다.

참, 네게 남길까 말까 고민하다 준다. 네 앞에 보이는 보석은 우리 종족의 성력이 담긴 신성석이다. 너를 위해 신경을 좀 썼지. 착용하면 멋질 거야. 그게 없으면 네가 씨앗의 열기에 죽을 것 같아 종족의 율법을 어기고 남긴다.

"아~!"

삼열은 나직하게 탄성을 내질렀다.

조심스럽게 상자를 열자 통장이 들어 있다. 펼쳐 보니 삼열의 이름으로 된 계좌에 많은 돈이 들어 있다.

삼열은 그 무수한 0의 개수에 눈을 부릅떴다. 도대체 믿을 수가 없다. 1년도 안 되는 기간에 미카엘이 주식으로 만들어 놓은 금액은 상상을 초월하는 액수였다.

미카엘이 쓰던 노트북을 부팅해 보니 주식 프로그램이 설치되어 있다. 바탕화면에 있는 메모장에 아이디와 비밀번호가 적혀 있다. 접속해 보니 삼열의 이름으로 되어 있는 주식이 있는데 듣도 보도 못한 것이다.

미국 나스닥에 속한 주식인데, 언제 이런 것을 했는지 알 수가 없다.

그동안 미카엘이 거래한 내역을 살펴보니 온갖 종류의 거래를 다 했다. 선물, 주식, 옵션 등등 도저히 인간의 능력으로는 할 수 없을 만큼 대단하였다.

"정말 그는 외계인이었구나. 하급 문화라는 말을 입에 달고 살더니 미카엘에겐 정말 지구의 문명이 저급한 것이었나 보네. 아주 가지고 놀았군."

우연히 빗속에서 구해준 남자 덕분에 삼열은 이렇게 기적을 체험하게 되었다.

"고마워, 미카엘. 내 병을 치료해 주고 이렇게 돈도 주고 말이야."

그를 생각하자 고마운 마음에 눈물이 왈칵 솟구쳤다. 부모님이 돌아가신 이후 처음으로 정이 든 사람이 그다. 비록 다른 종족이지만 말이다.

그의 말대로 물방울다이아몬드보다 더 큰 보석 목걸이를 목에 착용하자 서늘하고 시원한 기운이 몸으로 스며들기 시작했다.

"어, 어?"

삼열이 놀라 말도 제대로 하지 못하는 순간, 푸른빛이 그를 감싸더니 순식간에 목걸이가 사라졌다.

"하아, 신기하네."

삼열은 목걸이가 사라졌지만 자신의 몸을 떠나지 않은 것임을 알아차렸다. 미카엘의 말대로 정말 그들의 문명은 신체에 물건을 집어넣을 수 있는가 보다. 신기하기 그지없었다.

한동안 신기함과 미카엘이 사라진 허전함에 가만히 앉아 있었다. 그러다 보니 어느새 점심시간이 되었다.

아침을 안 먹었기에 점심마저 거를 수 없어 서둘러 밥을 하고 어제 먹다 남은 고기를 굽기 시작했다. 밥을 먹어도 어제만큼 맛이 없었다. 마치 가족을 잃은 기분이다.

*　　　　*　　　　*

시간은 계속 흘러갔다. 하지만 삼열은 여전히 동굴을 떠나지 못했다. 그에게는 이곳보다 더 좋은 훈련 장소가 없었다. 이곳은 미카엘이 말한 차원이 에너지, 인간의 언어로는 '기'가 풍부한 곳이었다.

아직 씨앗을 제대로 키우지 못한 삼열은 척박한 도시로 나갈 수 없었다. 그는 극한의 고통을 통해 병을 극복해야 한다. 희망의 끈을 놓칠 수 없었다.

수화 선배는 시험을 끝내고 대학에 지원 원서를 준비하는 중이라고 했다. 여전히 연락을 주고받지만 예전보다 횟수가 확연히 줄어들었다. 그것이 마음에 걸렸다. 사귀기로 한 지 얼마 되지 않아 그녀의 곁을 떠나왔기 때문이다.

미카엘이 준비해 놓은 음식은 아무리 먹어도 떨어지지 않았다.

삼열은 인터넷으로 봄나물과 식용 가능한 식물을 검색하여 알아두었다. 봄이 오고 산에 지천으로 널려 있는 식물들을 채집하여 먹으면 조금 더 오랫동안 이곳에 머물 수 있을 것이라는 생각이 들었다.

고기를 먹는 것도 질렸고 햄과 같은 인스턴트식품도 그다지 끌리지 않았다. 어서 봄이 오기만을 기다릴 뿐이다.

삼열은 동굴에 혼자 있어도 컴퓨터와 TV가 있어서 지루하지는 않았다. 다만 외로웠다. 심지어 왕따를 당하던 그 시절이 그리울 정도로 외로웠다.

마치 무인도에 혼자 있는 것 같았다. 젊은 나이에 느끼는 외로움은 상실감만큼이나 컸다. 좋아하는 여자를 잃을지도 모른다는 불안감 역시 시간이 지나면서 커졌지만 그가 할 수 있는 일은 없었다.

"×발, 운명에 철저하게 저항해 주마."

삼열은 밥을 먹고 커피까지 잘 마시고는 괜한 심통을 부렸다. 이 산은 높고 계곡은 깊어 평상시 사람들이 거의 찾지 않는 곳이다.

지리산 자락의 끝에 붙어 있어 많고 많은 산 중의 하나였고, 제법 마을과 멀어 삼열이 신체 훈련을 하는 것을 아는 사람은 없었다.

산을 뛰어다니고 극한까지 혹사시키면 몸이 깨진 병처럼 푸석하고 부서질 것 같아도 자고 나면 도로 말짱해지곤 했다. 미카엘이 주고 간 신성석 덕분이다.

하루를 그렇게 혹사해야 아주 조금 몸이 좋아졌다. 루게릭병을 앓는 그가 뜨거운 태양 아래서 방망이를 휘두르던 야구부원들의 모습을 부러운 눈으로 바라봤을 때 돌아오는 것은 사람들의 이유 없는 무시와 비웃음뿐이었다.

그 생각을 하자 힘이 났다. 오기다. 다시는 육체적인 연약함으로 무시당하지 않겠다는.

삼열은 참고 또 참았다. 인간으로 살아가기 위해서는 참아야 했다. 하도 자신을 학대하다 보니 이제 어지간한 고통은 간에 기별도 오지 않게 되었다. 이럴 때는 시원하기까지 하였다.

'나, 마조히스트인가?'

이제는 고통을 은근히 즐길 정도의 여유가 생기자 마치 변태 성욕자라도 된 듯했다.

삼열은 수화에게 선물을 보내긴 했지만 연락이 잘되지 않아 불안했다. 훈련을 잠시 멈추고 서울에 올라가 볼까도 생각해 보았지만 이런 모습으로 가는 것도 웃겼다.

이전에는 아무 생각도 없이 그냥 얼떨결에 만났다. 만나서 좋으니 더 좋아하게 되고, 좋아하다 보니 더 자주 만나는 것이 반복되었다.

하지만 지금은 그녀와의 거리가 너무 멀어졌다. 한창 사랑하는 사이도 만나지 않으면 멀어진다는데 삼열은 제대로 시작도 하기 전에 이곳으로 내려와 마음이 무거웠다.

'기다려 줘요. 반드시 멋진 모습이 되어 갈게요.'

짧은 봄이 후딱 지나가고 여름이 다가왔다. 산에 꽃이 지천으로 피었다. 뜨거운 태양은 나무 밑에 들어가 피할 수 있었으나 마음속에서 타오르는 태양을 끌 수도 피할 수도 없었다.

기나긴 인고의 시간을 거쳐 삼열은 마침내 보통 사람처럼 움직일 수 있게 되었다. 이제 산에서의 생활을 정리해야 할 때였다. 더 머물면 복학을 내년으로 미뤄야 한다.

젓가락처럼 가냘프던 그의 몸은 제법 멋져졌으며 항상 움츠리던 어깨는 반듯하게 펴졌다. 하얗던 얼굴도 구릿빛으로 변해 있다.

이곳에서의 생활을 정리하려니 심장이 쿵덕거리고 마음이 허공에 붕 떴다.

삼열은 자다 깨다를 반복하다가 드디어 아침을 맞았다. 동굴 안의 식량은 거의 다 먹었다. 모든 짐을 다 가져가고 싶었지만 그 혼자로서는 무리였다. 그래서 그는 노트북과 안테나만을 가방에 챙겼다.

동굴 밖으로 나와 돌로 만든 문을 닫았다. 미카엘이 심심하다고 만든 문이다. 어느 날 자고 있는데 쥐가 나타났고 또 고라니도 들어왔기 때문이다.

사람들의 발길이 거의 닿지 않는 깊은 계곡 안이라 미카엘은 큰 바위를 동굴 입구에 가져다 놓아 멀리서 동굴이 보이지 않게 했다.

동굴의 문을 열면 3미터 앞에 커다란 바위가 놓여 있다. 삼열은 주변의 흙을 가져와 동굴 입구에 쌓았다. 그러자 감쪽같이 동굴이 감추어졌다.

삼열은 희미하게 웃었다. 이제는 필요 없어진 곳이지만 소중한 추억이 담긴 곳이 들짐승의 처소로 변하는 것은 원치 않았다.

산에서 내려오면서 그는 소중한 기억들도 함께 가지고 내려왔다. 이제 소년은 비로소 자신의 운명을 시험하려는 준비를 마쳤다.

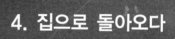

4. 집으로 돌아오다

삼열은 서울에 올라오자마자 수화를 생각했다.

[수화 선배, 저 서울 올라왔어요.]

수화에게 문자를 보내고 한참을 기다려도 답장이 없다.

삼열은 기다리다가 지쳐 전화를 해볼까 하다 그만두었다.
마음 한구석에서 알 수 없는 불안함이 싹을 틔우고 있다. 아
름다운 얼굴, 확고한 눈, 환한 웃음이 순간 눈앞에 나타났다
가 사라졌다.

"젠장."

삼열은 침대에 누웠다. 그리고 생각했다.

'이제 어떻게 해야 하지?'

일단 러닝머신을 사야 할 것 같았다. 인터넷으로 살까 했지만 성능을 몰라서 운동 기구를 전문적으로 파는 가까운 매장을 찾아갔다.

"어서 오세요."

"러닝머신 구경하려고요."

"아, 네. 이리로 오십시오."

남자 직원이 안내한 곳에는 여러 종류의 러닝머신이 있었다.

"어떤 종류를 찾으십니까?"

"이왕이면 성능이 좋은 것으로 보여주세요."

"그러면 이것을 보시죠."

삼열이 보니 괜찮은 것 같기는 하지만 일반용이다. 자신같이 전문적으로 운동할 사람이 쓰기에는 부족해 보였다.

"전문적으로 운동하는 사람이 쓰는 것을 보여주세요. 그리고 소음이나 진동이 없는 것으로요. 아파트에서 사용할 거니까요."

"아, 그러면 이쪽 제품을 보시지요. 단가는 좀 비싸지만 조용하고 AS도 3년까지 무상 수리가 됩니다."

직원이 가리킨 러닝머신을 작동시켜 보았다. 정말 소리 없이 돌아가고 충격 흡수도 잘되는지 심하게 뛰어도 흔들리지 않았다.

20% 할인을 해서 가격이 629만 원이다. 심하게 비쌌다. 약간 망설이는 눈치를 보이자 직원이 5% 정도 추가로 할인해 준다고 하여 삼열은 질렸다.

삼열은 아령과 덤벨 등도 추가로 구입했다. 그리고 어깨 강화를 위해 라텍스 밴드를 레벨별로 두 개씩 샀다. 실내 자전거처럼 유산소 운동을 하면서도 하체를 강화할 수 있는 것을 사다 보니 800만 원가량의 돈을 지출하게 되었다.

*   *   *

돈은 벌기는 힘들어도 쓰기는 쉽다더니 그 말이 딱 맞았다. 삼열이 아파트 관리비를 포함하여 한 달에 쓰는 돈이 대략 60~70만 원인 것을 감안하면 거의 1년 치 생활비가 단 하루 만에 사라진 것이다. 그래도 도시 생활을 하려면 어쩔 수 없는 선택이다.

다시 집에 돌아와 운동을 하는데 수화에게서 전화가 왔다.

"아, 선배. 오랜만이에요."

—응, 잘 지냈어?

"네."

—우리 만날까?

"좋아요."

오랜만에 수화와 만날 것을 생각하자 갑자기 몸에 불끈 힘이 솟아났다.

시간이 되어 약속 장소인 커피숍으로 갔다. 앉아 있으니 눈부시게 아름다운 여자가 들어온다. 갑자기 커피숍 안이 환해지는 듯한 느낌에 고개를 들어보니 수화 선배다.

커피숍 안의 남자들은 물론이고 여자들까지 수화를 바라보았다. 1년 만에 본 그녀는 너무나 달라져 있었다. 예전에는 청바지에 가벼운 티를 입고 다니던 그녀가 샤방샤방한 원피스를 입고 있으니 그 미모가 유난히 눈에 띄었다.

"오랜만이네."

"네, 선배도요."

"뭐 시켰어?"

"아뇨. 같이 시키려고요."

"그래, 그럼 난 아이스 아메리카노."

삼열은 자리에서 일어나 아이스 아메리카노 두 잔을 사서 가지고 왔다.

"고마워."

"뭘요."

눈앞의 숙녀는 1년 전 헤어질 때 짧은 키스를 나눈 그 소녀가 아니었다. 눈부시게 아름다운 여인이 되어 있었다. 그것이 삼열에게는 거리감으로 다가왔다.

"건강해진 것 같아."

"네, 열심히 노력했으니까요."

산에서 1년 동안 뛰고 구르고 하다 보니 그의 신체는 예전과 비교할 바가 아니었다. 196㎝에 이르는 커다란 키에 근육이 조금씩 붙으니 남성미가 드러나기 시작했다.

"멋있게 변했네."

환하게 웃는 미소에 눈이 부셔 삼열은 멋쩍게 웃었다.

"선배도 더 예뻐지셨네요."

"그런가……?"

1년 만에 만났지만 수화는 별로 달라지지 않았다. 겉모습은 많이 달라졌어도 하는 행동이나 생각은 예전 그대로였다.

"연락 자주 못 해서 미안해."

"사정이 있었겠죠."

"특별한 사정은 없었어. 대학을 가니 한동안 정신이 없었어. MT다 OT다 참석하다 보니 귀찮은 일이 생기더라구. 그래서 좀 힘들었어."

삼열은 말없이 수화의 얼굴을 바라보았다. 아무리 생각해 봐도 이렇게 예쁜 여자가 왜 자신을 만나는지 이해가 가지 않았다. 자기를 비하하는 것이 아니라 그만큼 수화는 아름다웠다.

"이제 계속 서울에 있는 거야?"

"네, 복학해야죠. 야구를 하지 않는다면 고등학교는 당상에 라도 졸업할 수 있어요."

"그렇겠지. 삼열이는 공부를 잘하니까. 그런데 왜 야구를 하려고 해?"

"그냥 몸으로 하는 것을 하고 싶어요. 머리로 하는 것에는 그다지 흥미가 생기지 않아요. 특별히 노력하지 않아도 어지간한 것은 알겠더라고요."

그의 말에 어이가 없다는 표정으로 수화가 삼열을 바라보더니 나직하게 한숨을 내쉬었다.

"하긴 너에게는 그렇겠지. 하지만 나는 지금 다니는 대학에 들어가려고 코피를 몇 번이나 쏟았는지 몰라."

"정말요?"

삼열이 놀라 반문하자 수화가 고개를 끄덕였다.

"너에게는 별거 아닌 일일지 몰라도 나 같은 사람한텐 쉽지 않은 일이거든."

"…그럴 수도 있겠군요. 저는 몸으로 하는 것이 힘들었죠. 피장파장이네요."

"그런가?"

"그럼요."

"우리 나갈까?"

"네."

둘이 나와 거리를 걷자 지나가는 사람들이 두 사람을 바라보았다.

"웃기지?"

"아뇨. 선배가 그만큼 예쁘잖아요."

"가끔 불편하기도 해."

"왜 아니겠어요."

"그런데 너는 그동안 어떻게 지냈어?"

"산에서 지냈어요. 그곳에서 뛰고 구르고 하다 보니 일 년이 훌쩍 지났네요. 복학만 아니라면 더 있었을지도 몰라요."

"흠, 그렇게 좋았어?"

"좋은 게 아니라 절실했으니까요. 저 사실은 병이 있었어요."

"아, 루게릭병?"

"네, 지금도 완치된 것은 아니지만 이제는 보통 사람만큼은 돼요. 앞으로는 더 강해질 수도 있고요."

"참 다행이다. 아~! 너랑 이렇게 걷고 있으니 좋다."

걷다 보니 둘 사이로 시원한 바람이 지나갔다. 삼열은 처음 데이트하던 날의 설렘이 기억났다. 1년 만에 만났기에 서먹한 감은 있었지만 그때와 별로 달라진 것이 없어 좋았다.

"너하고 만나는 거 많이 생각해 봤어."

수화의 말에 삼열은 가슴이 덜컥 내려앉았다. 혹시나 차일 수도 있다고 생각하며 그는 마음을 강하게 먹었다.

차이면 지저분하게 매달리지 말자, 이렇게 마음먹고 있는데 수화의 손이 살며시 삼열의 손을 잡아왔다.

"여자는 남자보다 생각이 더 많아. 그리고 남자보다 더 빨리 늙어. 그래서… 고민했어. 내가 나이가 들어도 네가 나를 좋아해 줄까 하고 말이야."

"말도 안 돼요. 제가 어떻게 선배를 좋아하지 않을 수 있겠어요."

삼열이 펄쩍 뛰자 수화가 미소를 지었다.

"그럼 다행이다."

가로수 길을 걷다가 문득 수화가 멈춰 섰다.

"정말 나 늙어도 사랑해 줄 수 있어?"

"그럼요. 당연하죠."

"……"

희미한 미소를 지으며 수화가 다시 길을 걸었다. 그 뒤를 삼열은 긴 다리를 놀려 따랐다.

"오늘은 일찍 들어가 봐야 해. 아빠 생신이시거든."

"아, 네."

수화와 헤어지고 삼열은 자신의 아파트로 들어섰다. 1년 만에 만난 수화는 변한 듯 변하지 않은 듯해서 종잡을 수가 없었다.

자신을 대하는 그녀의 태도에서 삼열은 왠지 모르는 위화감을 느꼈다. 그게 뭘까 생각해 보아도 마땅하게 떠오르는 것이 없었다.

눈을 감고 침대에 눕자 잠이 스르르 쏟아져 삼열은 그대로 잠이 들었다.

눈을 떠보니 아침이다. 아직 방학이 끝나지 않아 학교에 가지 않아도 되기에 삼열은 시간적으로 여유가 있었다.

학교에 복학 신청을 하고 집에 오니 어제 주문한 운동 기구들이 도착해 있었다.

작은방에 러닝머신과 실내 자전거가 놓이자 방이 꽉 찬 느낌이 든다. 결국 옷가지를 포함한 것들을 미카엘이 사용하던 방에 넣어놓았다. 그렇게 하니 제법 공간에 여유가 생겼다.

미카엘이 짜준 운동 스케줄을 참고로 삼열은 새롭게 계획을 세웠다. 문제는 극도로 육체에 고통을 주어 세포의 재생 능력을 최대치까지 끌어올려야 한다는 것이다. 그러기 위해 시간이 갈수록 운동량은 많아져야 한다.

루게릭병 환자가 이렇게 강도 높은 운동을 할 수 있다는 것은 불가능한 일이다. 삼열도 처음에는 믿을 수 없었다. 하지만 미카엘이 짜준 스케줄대로 하니 아주 느리지만 조금씩 좋아지는 것을 느낄 수 있었다.

물론 지금 그것이 가능한 이유는 심장에 남겨진 씨앗 때문이다. 그 씨앗이 삼열의 감게 능력을 서서히 깨우고 있었다.

삼열은 시간을 내서 가만히 생각해 보니 자신은 이제 고2이고 여자 친구는 대학생이니 모양이 좀 우습게 되어버렸다. 삼열이 휴학하지 않았다면 내년에는 자신도 대학생이 될 터인데 말이다.

운동 기구가 도착한 기념으로 러닝머신을 사용했다. 한 시간 정도 뛰니 몸에서 땀이 났다. 러닝은 단순히 오래 뛰는 것이 중요한 것이 아니라 마지막에 적어도 자신이 낼 수 있는 최대치의 80% 가까이 피치를 올리고 끝내는 것이 좋다.

삼열은 숨이 턱까지 차오르고 근육이 떨렸지만 이렇게 움직일 수 있는 것 자체가 너무나 좋았다.

운동을 하면 할수록 육체의 고통은 커졌다. 그리고 그 고통의 크기에 비례하여 몸은 좋아졌다.

미카엘의 말대로 이렇게 가다가는 몸이 무한정 좋아질 수도 있을 것 같았다. 어쩌면 슈퍼맨처럼 초인적인 능력을 가질 수 있을지도 모른다.

하지만 삼열은 그것이 불가능한 것임을 너무도 잘 알고 있다. 왜냐하면 그러한 힘을 소유할 때까지 그 엄청난 고통을 감당할 수 없을 것이 분명하니 말이다.

러닝을 마치고 의자에 앉아 쉬면서 끝없이 이어지는 고통에 한숨을 쉬었다. 이렇게 극한으로 몸을 혹사시키지 않으면 몸이 좋아지지 않는다.

아직 삼열의 몸은 정상이 아니다. 루게릭병을 앓는 환자지만 미카엘의 마법인지 아니면 그가 늘 중얼거리던 고급문화의 산물인지, 아무튼 그 덕분에 정상인처럼 행동할 수 있을 뿐이다.

3분을 쉬고 다시 실내 자전거를 타며 다시 극한까지 몸을 혹사시켰다. 심장이 타들어 가는 듯한 고통이 엄습하고서야 멈추고는 다시 쉬었다.

이렇게 고통스러워도 희망이 생겼다는 것 하나만으로 좋았다. 이전이라면 루게릭병에 의해 몸이 말라가고 결국은 얼마 지나지 않아 죽었을 것이다.

그러나 지금은 고통을 겪지만 그 순간이 지나면 그만큼 희망의 꽃이 피어난다. 그러니 삼열이 하는 훈련은 단순히 고통이 아니라 희망이라는 다른 이름이었다.

삼열은 다시 러닝머신에 올라서서 뛰었다. 죽을 것처럼 다리가 후들거릴수록 그에 비례하여 희망은 커졌다.

그렇게 삼열은 쉬지 않고 하루 종일 달렸다. 그리고 러닝을 쉬는 날은 근력 운동을 했다.

일주일에 러닝을 4일 동안 하고 근력 운동은 3일 했다. 이렇게 매일 기계처럼 혹독한 일정을 소화하다 보니 몸이 많이 좋아졌다.

그런데 여전히 수화는 바빴다. 삼열은 자신을 피하지는 않으나 예전처럼 가까워지지 않는 수화와의 관계가 불안했다.

저녁을 먹고 상수리나무 아래에 앉아 졸듯이 쉬고 있는데 수화가 나왔다. 삼열은 반가워 아는 체를 하려고 자리에서 일어나 수화에게 다가갔다. 그런데 그보다 더 빨리 키가 큰 어떤 남자가 그녀에게 다가갔다.

멋지게 생긴 남자다. 세련되고 귀티가 흐르는 남자는 한 아름의 장미꽃을 그녀에게 주었다. 수화가 그 꽃을 보며 방긋 웃었다.

"아!"

나직한 신음이었지만 그 속에 깊은 낙심이 담겨서인지, 아니면 거리가 가까워서였는지 수화가 삼열이 있는 쪽으로 고개를 돌렸다.

그녀는 삼열을 보고 몸이 굳은 듯 한동안 말을 못했다. 남자는 삼열과 수화를 번갈아 보며 어리둥절한 표정을 지었다.

삼열은 그대로 등을 돌려 집으로 왔다. 그랬다. 이제야 분명해졌다. 그녀가 고등학생에 불과한 자신과 여전히 애인 관계를 유지할 것으로 생각한 자신의 어리석음을 비웃었다.

삼열은 침대에 앉아 넋을 놓고 있다가 그대로 쓰러져 잠들었다.

아침이 되어 일어났는데 삼열은 머리가 멍멍하여 뭐를 어떻게 해야 할지 알 수 없었다. 하지만 반사적으로 일어나 러닝머신 위에 올라 뛰었다.

뛰다 보니 땀이 흐르고 눈물도 같이 흘러내렸다.

'아, 내가 그녀를 정말 많이 좋아했구나.'

삼열은 그저 뛰기만 했다. 멈추면 마치 죽기라도 할 것처럼. 눈물을 흘리면 추억도, 그녀를 좋아하던 감정도 흘러내릴 것으로 생각하면서.

삼열은 한동안 미친 듯이 뛰다 보니 마음이 어느덧 정리되는 것 같았다. 첫사랑은 이루어질 수 없다더니 이렇게 되는가 보다 생각하니 마음이 아팠다.

그녀는 그에게 특별한 존재였다. 아무도 알아주지 않고 무시하던 그에게 마음을 열고 말을 걸어준 첫 번째 소녀였다.

"행복해라, 행복해. 미치도록 행복해라. ×발."

근력 운동은 하지도 않고 오로지 사흘 동안 뛰기만 했다. 무릎의 관절이, 발이, 인대가 비명을 질렀다. 그러나 자고 일어나면 망가진 근육과 세포, 인대는 다시 멀쩡해졌다.

"후, 마음을 정리했다고 생각했는데 쉽지가 않구나."

삼열은 탄식하듯 중얼거렸다.

딩동.

딩동, 딩동.

잠시 간격을 두고 초인종이 울렸다.

삼열은 무의식적으로 러닝머신을 끄고 문을 열었다. 창백한 얼굴의 수화가 문 앞에 서 있다.

"들어가도 돼?"

"네, 들어오세요."

삼열은 흘러내리는 땀을 손으로 닦으며 말했다. 그녀는 들어와 말없이 탁자 앞에 앉았다.

"차 준비할게요."

"응."

삼열은 커피를 타서 수화에게 주고 자신도 한 모금 마셨다. 뜨거운 커피가 목을 타고 넘어가자 안 그래도 더워서였는지 견디기 힘들 정도로 뜨거웠다.

"그날 왜 그냥 갔어?"

"……."

"내가 무슨 이야기를 하든지 믿어줄 거야?"

"네, 그래야죠."

삼열은 힘없이 웃으며 말했다.

"그날도 어제도 남자들이 찾아왔어. 내가 MT와 OT를 다녀와서 귀찮은 일이 생겼다고 말했지?"

"네."

"솔직히 나, 나를 좋아해 주는 그 사람들이 싫지는 않았어. 하지만 그들에게 나는 좋아하는 사람이 있다고 이미 말했고, 그래서 일부는 알아듣고 물러났어. 하지만 여전히 그러는 사람이 몇몇 있어. 남자들, 여자는 찍으면 넘어온다고 계속 귀찮게 해. 그날 본 사람은 같은 과 친구의 오빠야. 그에게 심하게 말할 수 없었어."

"……"

"여전히 나를 못 믿는 거니?"

"믿어요."

"그런데?"

"그냥 내 자신이 비참했어요. 난 내 육체의 한계를 극복하기 위해 하루하루 뼈를 깎는 고통을 이겨내고 있는데… 그렇게 했는데도 선배 앞에 당당하지 못하잖아요."

"하아~"

삼열은 자기를 찾아와 준 수화가 고마웠다. 그리고 창백한 얼굴의 그녀를 보니 자신 때문에 마음고생을 심하게 했구나 싶어 미워하던 마음도 순식간에 사라져 버렸다.

"나, 너 정말 좋아해. 정말이야. 하지만 나는 대학교 1학년이고 너는 이제 고2야. 여자는 자신의 미래를 설계하는 데는 무척이나 현실적이지. 너를 사랑하는 것이 옳은 일일까. 그렇게 짧은 시간 만났고 데이트도 몇 번 한 적 없는데 너를 기다리는 것이 나 혼자만의 착각이면 어떻게 하나 하는 생각, 그리고 나의 외모만 보고 무조건 달려드는 남자든 때문에 사실 마음이 복잡했어. 그동안 생각하고 또 생각했어. 나 책임질 수 있어? 지금은 이렇게 그냥 봐줄 만하지만 끝까지 사랑할 수 있느냐고. 그리고 우리가 잘된다고 하더라도 우리 부모님이 너를 반대할지도 모르고. 이런 모든 것을 생각하니 네게 연락하기도, 다가가기도 두려웠어."

삼열은 수화의 말이 거짓이라도 좋았다. 첫사랑이 무참하게 깨지는 것보다는 나았다. 그리고 수화가 이렇게 진지하게 이야기를 하는데 마음이 움직이지 않는 것은 말이 안 된다.

삼열은 수화가 자신을 진지하게 생각해 주는 것이 고마웠다. 그냥 가볍게 연애 대상으로만 보지 않았다는 것이 말 속에 은근히 드러나 있었다.

"우리 그냥 가봐요. 끝이 무엇이든 항상 같이해요."

"그래, 널 믿을게."

수화가 비를 맞은 새처럼 떨면서 말했다. 그 모습이 안쓰러워 삼열은 그녀의 손을 잡았다. 손을 타고 전해지는 그녀의 마음이 호흡처럼 절실하게 와 닿았다.

삼열은 그녀를 끌어안고 입을 맞추었다. 왠지 그렇게 하지 않으면 이 어색한 분위기가 깨지지 않을 것 같은 느낌이 들어서였다. 짧은 입맞춤이었지만 얼어 있던 빙하가 녹아내리는 것 같았다.

"왜 이렇게 얼굴이 상했어요."

"그러는 넌 왜 전화도 문자도 하지 않았어? 왜 내가 나보다 어린 너를 사귀어서 이 꼴을 당하는지 모르겠다."

수화가 나지막하게 한숨을 내쉬며 말했다.

"연하가 요즘 트렌드잖아요."

"뭐야? 너 말 다했어?"

"뭐, 그렇다는 거죠. 선배는 복 받은 줄 아세요."

"쳇, 너 그날 봤지? 그 허우대 멀쩡한 남자 말이야. 내가 그런 남자 한 다스는 거절했어. 누구 때문에."

"선배를 더 아끼고 위해줄게요."

"안 그러기만 해봐."

비극은 사흘 만에 끝났지만 서로에 대한 마음은 이전보다 더 깊어졌다. 삼열은 아직도 이 여자가 왜 자신을 얼굴이 상할 정도로 고민하면서 좋아해 줄까 하고 생각하니 답은 생각나지 않았지만 기분은 아주 좋았다.

"우리 점심 먹을래요?"

"밥 있어?"

"해야 해요."

"그럼… 내가 할게."

"아니에요. 나 밥 잘해요."

삼열은 재빨리 밥을 하면서 고기 먼저 구워 접시에 담아 수화에게 내밀었다. 수화가 노릇하게 구워진 고기를 한 점 집어 먹었다.

"어, 이거 너무나 맛있다."

"언제든 오면 구워줄게요."

"그래도 돼?"

"네, 고기는 많아요. 아주."

삼열은 일어나 냉장고의 냉동고를 보여주었다. 거기에 가득 고기가 들어 있다. 그리고 김치냉장고에도 고기가 가득하다.

"이거 어떻게 된 거야?"

"횡성 가서 한 마리 잡아 왔어요."

"……?"

삼열은 어리둥절해하는 수화를 보고 빙그레 웃었다.

"한 마리 통째로 사면 그렇게 안 비싸요. 이렇게 하면 한두 달은 먹어요. 조만간 냉동고만 있는 큰 냉장고를 사려고요."

"왜 그렇게 고기를 많이 먹어?"

"운동을 과격하게 하니까요. 이렇게 먹지 않으면 몸이 버티지를 못해요."

"와우, 나 자주 와야겠다. 이 고기 정말 맛있어."

밥이 익어가는 사이에 삼열의 어깨에 수화가 기대었다.

"아, 정말 좋다."

창백하던 수화의 얼굴도 이제는 활짝 피었다. 그런 수화를 바라보다가 삼열은 순간적으로 고민했다. 아까부터 수화의 입술만 보인 것이다.

'에라, 모르겠다. 한번 해보자.'

삼열은 수화를 안고 입술을 더듬었다. 달콤하고 상큼한 향기가 입술에서 묻어나왔다. 혀를 집어넣자 바로 반응이 왔다.

서로의 타액을 교환하다가 삼열은 수화의 가슴을 만졌다. 뭉클하고 부드러운 것이 손에 잡혔다.

수화가 잠시 움찔하고 놀랐다.

"너어⋯⋯."

입술을 떼고 그녀는 삼열을 노려보았다. 삼열은 고개를 숙이고 중얼거렸다.

"참을 수 없었어요. 너무 예쁘잖아요."

"그래도 너무 빨라."

"뭐가 빨라요. 우리가 만난 지 일 년도 더 되었는데."

"그런 엉터리 말이 어디 있어?"

"그럼 아녀요?"

"너, 너⋯⋯."

수화는 말을 더듬으면서 화를 내지만 그다지 싫은 표정은 아니었다. 삼열은 다시 그녀를 안고 등을 쓰다듬었다. 그러면서 음흉한 생각을 했다.

"읍!"

갑작스러운 키스에 수화가 놀라는 듯했지만 곧이어 다시 조금 전보다 더 적극적으로 나왔다. 역시 이런 일은 하면 할수록 늘기 마련이다.

삼열이 열심히 작업하고 있는데 갑자기 초인종이 울렸다. 그사이 정신을 차린 수화가 그를 노려보았다. 갑자기 둘 사이에 건널 수 없는 얼음의 벽이 생긴 듯하다.

가스 점검 나왔다는 말에 삼열은 문을 열어주었다. 밖에서 들어오는 공기에 뜨겁던 방 안이 사늘하게 식기 시작했다.

가스점검원이 다녀간 뒤 수화는 차가운 표정으로 돌아가겠다고 말하며 서둘러 집을 나섰다. 그 동작이 정말 빨라서 삼열은 어떻게 해보지도 못했다.

삼열은 두 손으로 얼굴을 감쌌다. 성급했다. 아직 애송이인 탓에 서툴렀다.

수화는 그를 1년이나 기다려 준 여자다. 그렇게 가볍게 후딱 자빠뜨릴 여자가 아니었다고 생각하며 삼열은 나지막하게 한숨을 내쉬었다.

그녀의 말을 듣고 보니 그놈의 남자들이 문제였다. 애인이, 좋아하는 사람이 있다고 하는데도 덤비는 놈들이 나쁜 놈이다. 그런데 더 큰 문제는 자신이 그들 앞에 '내가 그 사람이다'라고 당당하게 나설 수 없는 입장이라는 것이다. 그래서 더 소중히 여겨줘야 할 여자라는 것을 순간의 흥분으로 망각했다.

삼열은 전화를 하려다가 문자를 보냈다. 무려 30분이나 생각한 뒤 날린 문자다.

[선배, 미안해요. 너무 좋아해서 그랬어요. 너무나 예쁘고 사랑스러워서. 저는 선배를 정말 소중하게 생각해요.]

문자가 가고 나서 10분 후에 답장이 왔다.

[흥!]

단 한 글자였지만 답장이 왔다는 것만으로도 안심이 되었다. 이제 그녀의 마음을 풀어주기만 하면 된다.

수화는 삼열의 아파트를 나서면서 연신 입술을 만졌다.

생각보다 괜찮았다. 삼열이 마냥 어리다고만 생각했는데 그의 품에 안겼을 때 근육으로 가득한 건강한 몸이 그녀를 설레게 했다. 게다가 어린 녀석이 왜 그리 키스 실력이 좋은지 순간적으로 정신을 잃어버렸다.

집에 도착해 샤워하면서도 수화의 입가에 어린 미소는 떠나지 않았다. 그토록 염려하던 것이 오늘로써 왠지 해소된 느낌이라고나 할까. 어린 애인이 의외로 든든했다. 어설픈 대학생보다 나았다.

거울에 비친 청초한 얼굴과 봉긋한 가슴을 보며 수화는 미소를 지었다.

수화가 삼열을 처음 본 것은 우연한 기회였다. 운동장을 걸어가는 그의 기이한 모습이 눈에 들어왔다. 그를 바라보고 있으려니 옆에 있던 친구가 '아, 저 괴물'이라고 말했다.

왜 괴물이냐고 묻자 전교 1등을 하는데 야구부에 광적으로 집착한다는 말을 듣고 삼열에게 흥미가 생겼다. 그리고 그 뒤부터 그에 대한 정보를 모았는데 알면 알수록 흥미로웠다.

한마디로 그는 천재였다. 선생들도 그에게는 터치하지 않는다는 말을 듣고서는 얼마나 부러워했던가.

자신은 죽자고 공부해서 겨우 명문대의 끝자락을 잡았는데 삼열은 눈 감고도 우리나라의 최고의 대학을 마음대로 골라잡을 수 있으니까.

그는 거기에 더해 따뜻한 마음에 섬세한 배려를 가진 남자였다. 그런 그에게 마음을 주고 있을 때 그가 병에 걸린 것을 알게 되었다.

루게릭병.

우연한 기회에 알게 된 그의 병명은 한동안 그녀를 충격에 빠지게 만들었지만 소녀다운 상상이 그녀에게 힘을 주었다. 소설에서나 나올 법한 비련의 여주인공이 되는 그 발칙한 상상 말이다.

그녀는 공부하면서 힘이 들 때마다 그런 상상을 하곤 했다.

그리고 마침내 같은 아파트의 슈퍼마켓 앞에서 처음으로 말을 걸고는 얼마나 가슴이 설레던가.

아무하고도 말을 나누지 않는다는 그가 자신의 말에는 친절하게 대답을 해주었던 것이다.

그와 사귀기로 한 후 몇 번의 데이트를 하고 첫 입맞춤을 했다. 너무나 좋았다.

그런데 삼열은 사귀자마자 휴학을 하고 서울을 떠났다. 속상했다. 진도를 더 나가고 싶은데 애인이 갑자기 사라진 것이다. 자신과 상의도 하지 않고 그런 결정을 하다니 괘씸했다.

삼열이 서울을 떠나자 상실감이 그녀를 괴롭혔다. 그래서 연락을 뜸하게 했다. 그러다 보니 그것이 습관이 되어버리고 그에게 연락이 와도 퉁명스럽게 대했다. 삼열과의 거리가 자연 멀어졌다.

대학에 입학한 후에는 바쁘고 신나는 일이 많았다. OT와 MT를 가니 남자들이 벌 떼처럼 달려들어 구애하기 시작했다.

그런데 삼열은 기억의 한편으로 사라지려는 그 순간 다시 나타났다. 그러자 저 의식의 끝에 숨어 있던 그에 대한 애틋한 감정이 살아났다.

그런데 맙소사! 다시 나타난 그는 너무나 건강해져 있었다. 수화는 비련의 여주인공에서 갑자기 자신의 위치가 수직 상승하는 것을 느꼈다.

"흥, 나를 그렇게 대하다니 혼내줄 거야."

말은 그렇게 하면서도 연신 손으로 입술을 만지며 수화는 흐뭇한 미소를 지었다.

삼열의 아파트와 달리 수화네 집은 60평이 넘었다. 당연히 거실도 방도, 심지어 화장실도 크고 널찍했다. 수화의 방은 삼열의 방 두 개를 합친 것보다 더 넓었다. 그리고 그녀의 방에는 샤워 부스가 따로 설치되어 있다.

수화는 샤워를 마치고 나와 옷장을 열어 이 옷이 좋을까 저 옷이 좋을까 심혈을 기울여 옷을 골랐다.

"쳇, 이러는 내 모습을 그가 알까?"

불평을 터뜨려도 입가에는 미소가 가득하다. 사랑에 빠진 여자의 전형적인 모습이 그녀에게서 나타났다.

'호호호, 밀당의 진수를 보여줄게. 각오해!'

대학 생활이 참 좋은 게, 얼굴이 좀 되는 여학생은 뭘 해도 환영받았다. 심지어 남자 교수들은 학점도 잘 주었다. 음료수라도 하나 사 가지고 가면 A학점은 어지간하면 나왔다.

"쳇, 이제 공짜 밥은 끝이네."

마음을 정한 수화는 그동안 제발 한 번만 만나달라고 쫓아다니면서 밥이며 커피를 사준 남학생들을 생각했다.

"뭐, 내 잘못은 아니지. 난 좋아하는 사람이 있다고 했으니까. 호호호!"

여자는 여우다. 언제나 도망갈 구멍을 여러 개 만들어놓는다. 그리고 그 구멍이 오히려 상대방의 마음에 불을 댕기는 그런 것이면 더 말할 것이 없다.

"아이고, 귀여운 것. 그래도 솜씨는 정말 좋았어. 흥, 설마 다른 여자한테 사용해 본 건 아니겠지?"

여자는 의심이 많다. 자신이 사랑하는 남자를 독차지하기 위해 자신과 비슷한 여우가 접근하지 못하게 원천부터 차단하려면 의심은 필수다.

자신의 핸드폰은 보여주지 않으면서 애인의 휴대폰은 왜 비밀로 하느냐고 성질을 부린다. 여자는 자신의 사랑을 자기 손으로 통제할 수 있어야 비로소 안심한다.

또 그녀들은 남자를 너무나 잘 알고 있다. 남자가 순간적인 충동을 잘 참지 못한다는 것을. 그래서 충동에 의해 자신의 사랑이 날아가 버릴까 염려하는 것이다. 사랑에 빠지면 수화처럼 예쁜 여자도 예외가 아니다.

침대에 누워 그가 만진 곳을 더듬었다. 그럴수록 얼굴이 붉어졌다.

'쳇! 어린 녀석이 못됐어!'

속으로 불평을 하면서도 어쩔 수 없이 그 장면을 회상하면 가슴이 콩닥콩닥 뛴다. 그가 어리지 않다는 것을 확인해서 좋았다. 나이와 학년 따위가 무슨 상관인가.

"수화야, 과일 먹어라."

"네."

장미화는 딸을 은근슬쩍 훔쳐봤다. 딸의 기분이 다시 살아나서 그녀도 좋았다. 지난 사흘 동안 수화 때문에 집안 분위기가 엉망이었다.

"너는 남자 친구도 없니?"

"나, 남자 친구는 뭐. 나 그런 것 안 키워."

순간적으로 움찔한 수화가 급히 변명했지만 이미 장미화는 딸에게 남자가 생긴 것을 눈치챘다. 그래서 은근히 떠봤다.

"난 네가 이제 대학생도 되고 했으니 남자 만나는 것에 찬성이야. 여러 남자를 만나봐야 좋은 남자를 고를 수 있지."

"정말?"

"너 누구 있니? 매일 선물이다 꽃이다 받아오는 걸로 봐서는 누가 있기는 있는 것 같은데."

"어, 없어. 왜 이러셔."

수화는 픽 토라져서 먹던 사과를 내려놓고 자신의 방으로 들어가 버렸다.

"흥, 앙큼한 것 같으니라고. 감히 엄마를 속이려 들다니."

장미화는 딸을 볼 때마다 흐뭇했다. 자신은 과학의 힘을 조금 빌렸는데 딸은 완벽한 자연 미인이다. 그래서 자신이 과학의 힘을 빌린 것을 남편이 조금도 눈치채지 못한 것이 매우 즐거웠다. 게다가 자신은 공부도 별로였는데 딸은 남편을 닮아 공부도 곧잘 했다.

"닮으려면 아빠 머리를 완전하게 닮을 것이지 왜 어중간하게 닮아서는."

혀를 찼지만 그래도 명문대학을 들어갔으니 남들에게 말하기도 좋았다.

'하긴, 남자들은 여자가 너무 똑똑하면 싫어하니 적당해. 그리고 보니 우리 딸, 너무나 완벽하네. 누가 데려가려나?'

벌써부터 사위가 누구일까 궁금해지는 그녀였다.

[선배, 내일 시간 나요? 근사한 곳에서 우리 밥 먹어요.]

삼열이 문자를 보냈다. 전화하면 받지를 않아서 어제부터 계속 문자만 보내는 중이다. 역시나 10분 후에 '홍!' 하고 답장이 왔다.

[내일 같이 밥 먹고 가방 하나 사주려고 하는데, 싫어요?]

그러자 금방 답장이 왔다.

[정말?]

[그럼요.]

[그럼 뭐, 만나주지.]

[고마워요.]

삼열은 웃었다. 역시 여자는 가방에 약하다고 하더니 금방 넘어왔다. 삐치긴 했어도 느낌상 많이 화난 것은 아니고 자신의 자존심을 지키려는 의도인 것 같아서 삼열은 그녀에게 맞춰주기로 했다.

삼열이 전화하니 이번에는 받는다. 그녀의 목소리가 나쁘지 않은 것을 알아채고 삼열은 기분 좋게 약속 시간과 장소를 정했다.

삼열은 러닝머신 위에서 하루 종일 뛰면서도 신이 났다.

*   *   *

밤의 황혼은 순간처럼 지나가고 아침이 되었다. 삼열은 아침에 일어나 가볍게 러닝을 하고 바벨을 들었다. 요즘은 숄더 프레스(shoulder press) 위주로 한다. 어깨 근육을 강화하려는 의도도 있고 또 이 근육을 많이 쓰면 어깨가 넓어지기도 해서이다.

삼열이 먼저 약속 장소에 가서 기다리고 있으니 예쁜 옷을 입은 수화가 잠시 후에 도착했다.

"수화 씨, 어서 와요."

"흥."

수화가 도도한 표정으로 얼굴을 치켜들었다. 그 모습이 귀여워 삼열은 웃었다.

"왜 웃어?"

"그냥요."

"너 내가 웃기다고 생각하는 거지?"

"아니에요. 그런 뜻은 정말 아니에요."

자리에서 발딱 일어서려는 수화를 겨우 붙잡고 그냥 예쁘고 귀여워서 그랬다고 했다.

"그런데… 내가 예쁜데 왜 웃어?"

수화가 여전히 의심 가득한 눈초리로 바라보자 삼열은 전전긍긍해서 말을 제대로 하지 못했다.

"그냥 귀여워서요. 선배가 귀엽긴 하잖아요."

"뭐야, 난 귀여운 게 아니라구. 우아하고 고상하다고 말해줘야지."

"그건 좀……."

수화는 말을 하고선 본인도 멋쩍은지 얼굴을 붉혔다.

"흥, 그런데 나 오늘 뭐 사줄 거야?"

"뭐 먹고 싶으세요?"

"나는 아무거나 좋아."

"그럼 아무거나 먹으러 가요."

"아니, 그렇지만 메뉴를 정하고 가야지."

"아무거나 먹으러 간다니까요."

"아니, 그래도……."

5분을 걸어 도착한 레스토랑을 본 수화가 부담스러운 표정을 지었다. 하지만 삼열이 자신을 위해 이렇게 좋은 레스토랑에 온 것은 내심 기뻤다.

"여기서 아무거나 드세요."

"그래, 그런데… 이렇게 비싼 데 와도 돼?"

"뭐, 어쩌다가 오는 건데 어때요."

"그래도……."

말은 그렇게 하면서도 다른 데 가자는 말은 절대 하지 않는 수화였다.

점심을 먹고 둘은 거리를 걸었다. 잠시 후 수화가 살며시 삼열의 팔짱을 끼었다. 삼열은 그녀에게서 나는 향기에 기분이 좋았다.

"정말 날씨 좋다."

"그래요?"

주위를 둘러보니 더위에 지친 사람들이 헐떡거리며 인상을 쓰고 다니고 있다. 둘만 이 더위에도 손을 잡고 있었다.

"뭐, 조금 덥긴 하다. 그치?"

"아뇨, 선배랑 있어서 저는 좋아요."

"나도."

작은 소리로 수줍게 말하는 수화를 보며 삼열은 마음이 두근거렸다.

"우리 어디 갈까?"

"영화 볼래요?"

"그래."

삼열은 근처 영화관으로 갔다. 밖의 뜨거운 날씨와 비교하면 실내는 정말 천국이었다.

로맨틱 코미디 영화를 보고 음료수를 마시며 그렇게 시간을 보내는데 둘이 있는 것만으로도 좋았다.

저녁이 되어 근처 백화점에 갔다.

"여기를?"

"네. 마음에 드는 거 골라보세요."

"여긴 비싼 데야."

"알아요, 선배를 향한 내 마음이에요."

"뭐, 그렇다면야. 그래도 여긴 좀 비싸. 다른 데 가자. 점심도 근사한 데서 먹었잖아."

"전 제 여자에게 좋은 것 사주고 싶어요."

"그, 그래?"

서슴없이 하는 내 여자라는 말에 수화는 심장이 마구 두근거렸다. 그 말대로 그의 여자가 되어버린 듯한 느낌에 부드러운 밀물이 몰려와 그녀의 마음에 가득 잠기는 것 같았다.

"그렇다면야⋯⋯. 그래도 너무 무리는 하지 마."

"걱정하지 마세요. 나 돈이 부족하지는 않아요. 아버지가 물려주신 돈이 좀 있어요."

"그래도……,"

물론 아버지가 물려주신 재산이 있었다. 하지만 작은아버지가 홀라당 날려먹어 남은 게 없다. 지금 가진 것은 미카엘이 그에게 남겨준 것이다.

지하 명품관으로 가는 그를 보며 수화는 초조했다. 이곳은 그녀가 알기에도 아주 비싼 곳이다. 혹시라도 너무 높은 가격에 삼열이 충격을 받을까 속으로 염려가 되면서도 당당하게 걸어가는 그의 뒤를 따라갈 수밖에 없었다.

이윽고 두 사람은 샤넬, 구찌, 루이비통 등의 매장이 한데 모여 있는 지하 명품관에 들어섰다.

"혹시 봐둔 모델 있어요?"

"있을 리가 없지. 내가 뭐 귀족도 아니고 이런 고급 백을 봐둘 리가 없잖아."

"그래요?"

"응, 그러니 다른 매장 가자. 응?"

"아니에요. 여기서 사줄게요."

"쳇, 왜 내 말을 안 듣는 거야?"

"아, 아니, 나는 좋은 것 사주려고……."

화를 내는 수화 때문에 삼열은 당황했다. 백을 사준다니까 좋아서 나오더니 지금은 비싼 가방이라고 화를 낸다. 그는 정신을 차릴 수가 없었다.

그러는 순간에도 수화는 쇼윈도에 진열된 가방에게서 눈을 떼지 못하고 있었다. 그러나 그녀는 여기까지라는 것을 알았다. 저 가방들이 탐나긴 하지만 아직 어린 애인에게 선물로 받기에는 과했다.

전전긍긍하는 삼열의 모습을 보고 수화는 속으로 회심의 미소를 지었다. 그러고는 다른 매장으로 그를 끌고 갔다.

"우리 저리로 가."

삼열은 수화가 가리킨 곳으로 걸어갔다.

"여기서 사줘."

여기나 저기나 뭐가 다르다는 말인가. 그래도 30만 원대의 가방을 선물 받고는 좋아서 입이 찢어질 것 같이 웃는 수화다.

"나 정말 이렇게 비싼 가방 받아도 돼?"

"물론이죠."

삼열은 속으로 구시렁거렸다. 이렇게 좋아하면서 왜 그런 질문을 하는지 모르겠다.

자기는 사치나 부리는 여자가 아니라는 것을 말하고 싶어 하는 여자의 마음을 그가 알 턱이 없다.

"우리 이제 뭐 하러 갈까?"

신이 난 수화가 물었지만 삼열은 딱히 대답할 수가 없었다.

삼열은 연애를 안 해봐서 연인들이 갈 만한 괜찮은 장소를 알고 있지 못했다.

"그냥 우리 좀 걸어요."

"응, 그래."

삼열과 수화가 팔짱을 끼고 걸으니 지나가는 사람마다 쳐다보았다. 삼열은 그것이 불편했지만 한편으로는 이렇게 예쁜 여자가 자신의 애인이라는 것이 자랑스럽기도 했다.

데이트 경험이 없는 삼열로서는 어떻게 해야 하는지 몰랐고 당연히 서툴 수밖에 없었다.

그런 모습을 수화는 웃으며 보아 넘겼다. 어린 애인이니 어쩌겠는가.

"정말 오늘 선물 고마웠어. 즐거웠고."

"저, 저기, 우리 집에서 커피 마시고 가지 않을래요?"

"너… 또 그러는 건 아니지?"

"네, 그럼요. 나도 얼굴이 있는데 어떻게 또 그래요."

"응. 그러면 커피 마시러 가자."

삼열은 수화와 함께 엘리베이터에 올라탔다. 둘만의 공간에 있게 될 것을 생각하자 좀 전에 내뱉은 말과는 달리 흥분되었다. 흘깃 보니 수화도 조금은 긴장한 듯 보였다.

문을 열고 들어갔다. 작은 아파트의 밀폐된 공간에 또다시 둘만이 있게 되자 하루 종일 즐겁게 지낸 것이 어느 순간에

다 사라지고 갑자기 어색해져 버렸다.

"커피 물 올릴게요."

"어, 그래."

커피가 둘 사이에 놓였다. 둘은 한참 동안 말없이 어색할 때마다 홀짝거리며 커피를 마셨다.

"저……."

"저……."

두 사람이 동시에 말을 꺼냈다.

"먼저 말하세요."

"아니야. 네가 먼저 말해."

서로 얼굴을 붉히며 미뤘다.

"이제 어떻게 할 거야?"

"복학하려고요. 그리고 야구를 해야죠."

"야구 선수가 될 거야?"

"네. 걱정하지 마세요. 선배를 먹여 살릴 수는 있게 될 테니까요."

"뭐, 뭐래. 흥, 누가 너와 결혼한다고 그랬어?"

수화의 목소리가 떨려 나온다.

"수화 씨, 난 슈퍼스타가 될 거예요. 전 세계가 나를 알아볼 거고, 엄청난 돈을 벌게 될 거예요."

"그게 말처럼 쉬운 일은 아니잖아."

"알아요. 하지만 난 엄청나게 노력하니까 얼마 지나지 않아 그렇게 될 거예요."

"정말? 그래, 꼭 그렇게 될 거라고 믿을게."

말을 하면서 수화는 속으로 다급해졌다. 그렇게 되면 또 얼마나 많은 여자들이 달려들 것인가. 지금이야 자신이 예쁘지만 나이가 들면 삼열이 한눈을 안 판다는 보장이 없다. 더 고삐를 단단히 잡아매야겠다고 생각했다.

'그래, 이제 삼열이는 내 거야. 내 남자야. 아무한테도 안 빼앗겨.'

아직 슈퍼스타는 고사하고 야구부원도 되지 못한 삼열의 말을 수화는 순진하게도 믿었다. 어쩐지 그가 말한 대로 될 것이라고 너무나 자연스럽게 믿어졌다.

확신에 찬 그의 목소리뿐만 아니라 루게릭병을 이겨내고 정상인이 된 그의 모습이 그것이 가능할 것이라는 생각을 들게 했다. 역시 여자는 뻥에 약했다.

"그때도 나 안 버릴 거지?"

"그럼요. 말이 되는 소리를 해요. 내가 선배를 얼마나 좋아하는데요."

"난 너를 믿어."

수화는 삼열의 손을 잡고 은근히 그에게 몸을 기대었다. 삼열이 움찔하자 그녀는 속으로 중얼거렸다.

'이제 덮쳐야지. 오늘은 키스까지는 돼.'

그러나 아무리 기다려도 삼열이 움직일 생각을 하지 않는다.

'아이구, 미련퉁이. 한 번 안 된다고 했다고 안 하냐. 그렇다고 내가 할 수는 없고. 처음부터 밝히는 여자라는 인식을 심어주면 곤란해.'

그러나 시간이 지나도 삼열이 움직일 생각을 하지 않자 결국 수화는 작게 중얼거렸다.

"…해도 돼."

"네?"

"키스해도 된다고, 자식아!"

수화가 소리를 팩 지르고 일어나 가려는 것을 삼열이 재빨리 잡아챘다. 그 모습은 마치 살쾡이가 닭을 잡아챌 때와 같이 기민했다.

"흡!"

이번엔 정말 키스만 했다. 그의 손은 얌전하게 수화의 허리를 쓰다듬을 뿐이다.

몇 분이 지났다. 혀와 혀가 부딪치고 서로 핥고 빨다 보니 너무나 좋아 삼열은 자신도 모르게 손을 그녀의 옷 속에 집어넣었다.

"앗, 미안해요. 나도 모르게."

삼열은 기겁하며 수화에게서 떨어졌다.

"응, 괜찮아."

"미안해요."

"뭐 해?"

"네?"

"하던 거 마무리해야지."

"아참, 그렇죠."

이번에는 수화가 삼열의 입을 덮쳤다.

꿈같은 시간이 지났다. 두 사람은 서로 키스의 여운을 음미하느라 침묵 속에서 서로의 얼굴만 바라보았다.

"오늘은 이, 이만 가볼게."

"그, 그래요, 선배."

수화는 삼열의 아파트를 나와 자신의 집으로 향했다.

자신의 방에 들어와서도 황홀하던 좀전의 여운을 생각하니 가슴이 마냥 설레었다. 남자와 키스할 때 머릿속에서 종이 울린다고 하더니 자신은 머리가 하얗게 변하면서 아무 생각도 나지 않았다.

'아, 키스만으로 이렇게 좋은데 그걸 하면 얼마나 좋을까? 어마나, 내가 무슨 생각이람.'

수화는 화들짝 놀라 고개를 좌우로 흔들었다. 애인이 생긴다는 것이, 남자가 생긴다는 것이 이렇게 황홀한 것인지 몰랐다.

어린 애인이긴 하지만 삼열은 분명 남자다. 기대하지 않은 곳에서 오는 감격이 원래 더 큰 법이다. 그럴수록 수화는 삼열이 좋아졌다.

"좋았어. 널 반드시 내 남자로 만들고, 나 아니면 못살게 만들겠어."

수화는 다짐을 거듭하였지만 어떻게 삼열을 자신의 남자로 만들지, 어떻게 자신의 말이라면 꼼짝 못하게 만들지 알 수가 없었다.

'이건 백 때문이 아니야. 키스 때문이야.'

수화는 삼열이 선물한 분홍색 버킨 백을 가슴에 안았다. 제법 비싸고 디자인도 예뻐 예전부터 가지고 싶던 것이다.

'흥, 너희들, 다 죽었어. 나도 받았단 말이다, 이것들아.'

수화는 단짝인 미희가 남자 친구에게 선물 받은 파우치를 자랑하던 생각을 하며 회심의 미소를 지었다.

"뭐, 나이만 안 밝히면 되지. 절대 안 보여줄 거니까 상관없어."

5. 꿈, 야구를 시작하다

삼열은 개학하자마자 야구부 감독을 만나러 갔다. 비록 2군이었지만 전 올림픽 대표팀에서 활동하기도 한, 실력은 무척이나 좋은 감독이다.

유승대 감독은 자기를 찾아온 삼열을 바라보았다.

"뭐? 정식으로 야구부원이 되고 싶다고?"

"네."

"이 자식이 갑자기 미쳤나. 공부 잘하는 놈이 무슨 야구야? 네 눈에는 하찮게 보여도 이 애들은 야구를 통해 대학에 가야 하는 놈들인데, 네가 그 기회를 빼앗겠다고?"

"빼앗는 것이 아니라 당당히 제 실력으로 가는 것이죠."

"이 자식이……"

화를 내면서도 그는 삼열의 몸을 슬쩍 바라보았다. 예전과 달리 어딘가 모르게 단단한 느낌이 든다.

"야, 벗어봐."

"네?"

"벗어보란 말이야."

"아, 네."

삼열은 웃옷을 벗었다. 그러자 잔잔한 근육으로 이루어진 탄탄한 몸이 드러났다.

"아래도."

"네."

삼열이 바지를 벗자 유승대는 조금 전보다 더 놀란 표정으로 삼열의 허벅지를 바라보았다.

"운동 많이 했나 보네."

"네."

"다리 좀 위로 들어봐."

삼열이 그의 말대로 다리를 위로 들자 유승대의 눈이 커졌다.

"엄청나게 뛰었군. 좋아, 합격이다. 아, 참고로 나는 남자에게는 관심 없다. 그러니 내가 너를 성희롱했다, 이런 소리 하면 가만 안 둔다? 그리고 나는 돈이랑 여자 좋아한다. 그러니 알아서 잘 챙겨라. 또 네가 공부 잘한다는 사실은 여기선 소용없는 일이니 싹 다 잊어라. 알겠나?"

"네."

"이거 교감이 한소리 하는 건 아닌지 모르겠네. 공부 잘하는 놈을 괜히 운동시킨다고. 총무에게 이야기해서 유니폼 신청하고 나머지는 개인이 구입해. 알아들었어?"

"네."

"그럼 가봐."

삼열이 야구부원이 되는 것은 감독 앞에서 옷 한 번 벗는 것으로 끝났다.

삼열은 복학하니 모든 게 낯설었다. 무엇보다 반 아이들이 모두 동생이라는 것이 가장 이상했다.

"저기, 형, 형이 그 유명한⋯ 괴물이시죠?"

"너 죽고 싶냐?"

"네?"

호기심에 물어본 아이가 후다닥 뒤로 물러났다. 그걸 보고 삼열은 피식 웃었다.

몸이 좋아지고 수화와 사귀게 되면서 자신감이 붙었다. 이전의 괴팍한 허무주의는 이미 사라진 지 오래다. 인생에 희망이 생겼고 꽃 같은 애인이 있는데 무슨 허무주의? 인생을 즐기기도 시간이 부족한데.

'하참, 2주 동안 키스 외에는 허락을 안 해주네. 본인도 원하는 것 같은데 이해할 수 없어.'

그날 이후 거의 매일같이 수화가 그의 집을 방문했고, 정말 진하게 키스를 나누었다. 스킨십은 너무나 좋았다. 그런데 그뿐이다. 더 이상 진도가 안 나갔다. 어쩌다가 기분이 정말 좋은 날 가슴을 살짝 만져 볼 뿐이다.

그래도 그게 어디인가? 고딩 주제에 대학생 애인도 있고. 그렇게 생각하며 삼열은 웃었다. 뭐, 자기가 그걸 못해 발정난 개도 아니고, 더 이상 원하면 안 될 것 같기는 했다.

그리고 그녀의 말도 일면 맞았다. 한 번 하게 되면 매일같이 하게 될 것이고, 그러다 혹시 임신이라도 하게 되면 어떻게 하느냐는 말에 입을 다물었다.

수화는 여자라 그렇고 자신은 아직 미성년자이다. 그래서 키스만으로 만족하는 중이다.

수업 시간은 정말 예전과 비슷했다. 들을 게 별로 없었다. 그냥 하루 날 잡아 수학책을 보면 한 학기 내용이 끝나 버린다.

일일이 문제를 풀 필요조차 없다. 한 번만 봐도 저절로 답이 떠오른다. 문제를 푸는 방식이나 공식만 알아두면 끝이다.

영어는 더 말할 필요가 없다. 사전을 한 번 본 적이 있기에 어지간한 단어는 모두 알고 있다. 그렇다고 모든 단어를 다 암기한 것은 아니었기에 혹시 문장을 읽다 모르는 단어가 무엇인지 찾는 정도가 전부이다.

삼열은 더 이상 시간을 낭비하기 싫어서 담임인 장명곤 선생과 상담했다.

"그러니까, 야구부에 들었는데 수업을 듣지 않도록 해달라고?"

"네."

"그게 말이 되냐? 학교라는 데가 수업만 하는 곳이야? 학교 생활을 통해 배우는 것도 있어. 게다가 넌 운동부원이 되었으니 오전 수업만 듣게 되는데 이것마저도 듣지 않겠다고?"

"사실 의미가 별로 없습니다. 전 운동하는 것이 절실하거든요."

"안 돼. 대신 이번에 보는 전국 모의고사에서 저번처럼 성적이 나오면 생각해 보마. 생각만 해본다는 거야. 교장선생님의 허락도 있어야 하는 거라 쉽지 않아."

"네, 선생님."

"그래, 가봐라."

삼열은 담임에게 인사를 하고 교무실을 나왔다.

그는 점심을 먹자마자 야구부로 갔다. 아직은 유니폼이 나오지 않아 개인 운동복을 입고 연습했다.

열심히 운동하는 삼열을 보고 유승대 감독이 피식 웃었다.

"월척이 굴러왔구. 그런데 ㄱ 깐깐한 꼰대기 닫뀔에 허릭을 해주다니, 잘나도 너무 잘나니 언터처블이네. 자식, 기다려라. 내가 엄청나게 굴려주겠어."

개인적으로 몸을 푸는 시간이 지나고 러닝이 시작되었다. 운동장을 열 바퀴 도는데 삼열은 쌩쌩했다. 하루 종일 뛰던 그에게 운동장 열 바퀴 도는 것은 아무것도 아니었다. 오히려 그는 자신의 몸을 혹사할 수 있어서 좋았다.

삼열이 뛰는 모습을 보고 유승대 감독은 고개를 갸웃했다. 그리고 속으로 생각했다.

'어, 저러면 안 되는데. 이게 어떻게 된 일이야?'

유승대는 삼열이 그다지 마음에 쏙 들지는 않았다. 감히 신입이 이러면 곤란했다. 좀 덜떨어져야 다루기 쉬운데 이놈은 공부도 잘하는 데다 운동까지 잘한다. 작년까지 몸치이던 주제에 말이다.

"어이, 신입."

"넵."

"넌 열 바퀴 더 뛰어."

"네!"

삼열은 운동장을 뛰면 뛸수록 속도가 빨라졌다. 숨이 턱턱 막힐 정도로 달리자 육체가 다시 극한까지 도달했다. 심장이

쩡 하고 찢어질 것 같다.

삼열이 겨우 열 바퀴를 채우자 그제야 만족하는 유승대이다. 혁혁대는 삼열의 모습에 그가 마지막으로 뛰었던 엄청난 속도는 잊었다.

삼열은 감독의 명령이 고마웠다. 그러지 않아도 스스로 어떤 구실을 만들어 더 뛰려고 했는데 감독이 시키니 더할 나위 없이 좋았다.

가장 필요한 것은 육체의 능력 강화이다. 고통을 이기면 이길수록 육체는 아주 조금씩 강해져 간다. 그래서 육체의 한계를 시험하면 할수록 효과가 좋았다. 죽지만 않는다면 다음 날 육체는 새롭게 리셋된다.

야구부원이 되어 배우는 것은 별로 없었다. 글러브도 제대로 사용해 보지 못한 그가 다른 선수들처럼 훈련한다는 것은 말이 되지 않았다.

유승대 감독이 그를 야구부에 받아들인 이유도 사실 그에게 무엇인가 기대해서가 아니었다.

요 몇 년 사이 야구부에 대한 주위의 인식이 매우 좋지 못했다. 대광고등학교 야구부 하면 사람들이 인상부터 찌푸렸다.

시합에 나가 뚜렷한 성적을 거둔 것도 아니고, 아이들이 수시로 자잘한 사고를 자주 치는 바람에 야구부가 완전 눈엣가

시가 되었다.

그래서 이미지 개선 차원으로 삼열을 받아들인 것이다. 그런 그의 의도는 정확하게 맞아떨어졌다. 이제는 야구부의 이미지가 확실히 개선되었다.

괴물 강삼열이 야구부에 들어왔다고 하니 여기저기에서 축하한다는 말이 나왔다. 그리고 예전에는 야구부 예산을 신청하면 대부분 깎여서 나오기 십상이었는데 지금은 달라는 대로 나오는 것이 아닌가. 이런 경우는 처음이다.

이게 그의 심기를 건드렸다. 보통 사람이라면 좋아해야 마땅하지만, 올림픽 경기도 그렇고 세계야구 선수권대회(WBC) 참석도 2군으로 했기에 그는 늘 조금씩 꼬인 상태였다. 쉽게 말해 잘난 놈들에 대한 콤플렉스가 있었다.

'후후, 이제 확실히 굴려주겠어.'

삼열은 자신이 감독에게 미움받는다는 것도 모르고 몸을 움직여 운동하는 것만으로도 좋았다. 인간은 원래 자기가 잘하지 못하는 것에 관심이 가는 경향이 있다. 예전에는 운동장을 뛰는 야구부원들을 부러운 눈으로 바라보았는데 이제는 아니다.

야구를 시작한 첫날은 운동장 스무 바퀴를 뛴 것으로 끝이 났다. 같이 훈련을 할 수 있는 것이 없었다. 야구 장비도 없고 실제로 제대로 공도 받지 못한다.

집으로 돌아온 삼열은 인터넷으로 투수에 대해서 검색했다. 유명한 사람들의 동작을 따라서 해보았지만 잘되지 않았다.

땡동.

현관문을 열자 수화가 들어왔다.

"어땠어?"

"응?"

"오늘 야구부 처음 훈련했잖아."

"아, 그거요. 제가 아직 할 줄 아는 게 없어서 운동장만 돌다가 왔어요."

"아이, 속상해. 빨리 멋진 야구 선수가 되어야 할 텐데."

"하루 연습하고 어떻게 훌륭한 선수가 되겠어요."

"그건 그렇지."

"근데 우리 너무 집에서만 만나는 거 아니에요?"

"아냐, 아냐. 혹시 우리 엄마가 보면 곤란해져."

"그런가요?"

수화는 속으로 안도의 한숨을 내쉬었다. 그의 어린 애인은 키스가 일품이다. 그런데 밖에서는 마음대로 입술 박치기를 못 하지 않는가.

그래서 그녀는 삼열의 집에서 만나는 것이 좋았다. 같이 있는 것만으로도 좋은데 어디서 만나든 뭐가 문제인가. 게다가

삼열이 음식을 아주 잘하는 편이라 음식점에서 먹는 것 못지
않았다.

"우리 밥 먹자."

"오늘도 스테이크 괜찮죠?"

"응."

수화가 그의 집에 오는 이유 중 하나가 한우를 마음껏 먹
을 수 있다는 것이다. 삼열이 구워주는 스테이크는 유난히 맛
있었다. 요리 솜씨도 있지만 고기 자체가 특급 한우여서 그런
듯했다.

오늘도 저녁을 먹고 붙어서 서로의 입술을 빨았다. 삼열은
손을 그녀의 가슴에 대었다. 수화 역시 이제 이 정도쯤이야
하는데 삼열이 옷을 걷어 올리려 했다.

"너, 뭐, 뭐 하는 짓이야?"

"아, 미안해요. 내 손이 왜 여기 있지?"

노려보는 수화의 눈을 피해 삼열은 창밖을 내다보았다.

"흥, 너, 나를 너무 쉽게 보는 거 아니야?"

"그럴 리가 있어요? 내가 언제 선배 말 어기는 거 봤어요?"

"음, 그러고 보니 그러네."

삼열은 수화를 살짝 껴안았다. 달콤하고 야한 상상이 머릿
속에 그려지자 갑자기 거기가 벌떡 일어섰다. 난처해서 엉덩
이를 뒤로 빼려는데 수화가 눈치를 챘다.

"너, 너⋯⋯."

"아, 남자는 마음과 달리 신체적인 반응이 일어날 때가 있어요."

둘이 아옹다옹하다 보니 어느덧 수화가 집으로 돌아갈 시간이 되었다. 돌아가는 수화의 뒷모습을 삼열은 이리의 눈빛으로 바라보았다. 그녀가 사라지자 삼열은 입맛을 다셨다.

"아, 오늘도 진도 못 나갔네. 흐흐흐, 안심하고 매일 오다 보면 하는 날도 있겠지. 술을 먹이고 덮쳐 볼까? 걸리면 술 탓이라고 하면 되지. 역시 난 머리가 좋아."

삼열은 음흉한 상상으로 흐뭇하게 웃으며 러닝머신 위로 올라갔다.

오늘은 오랜만에 둘이 데이트를 했다. 일요일에 무조건 가야 할 데가 있다고 해서 나왔는데 막상 나와 보니 갈 데가 없다.

"뭐예요, 선배?"

"그냥 너와 막 걷고 싶었어. 왜, 불만이야?"

"아니요. 저도 좋아요."

"그렇지? 이렇게 좋은 날 너와 단둘이 걷고 싶었어."

"저도요."

"키스하는 것도 좋지만 우리 좋은 추억도 만들어야지."

"맞아요."

삼열은 대답을 하면서도 속으로 인상을 썼다. 술을 먹여 한 번 해보려고 했는데 추억 운운하니 도저히 그 짓을 할 수 없을 것 같다.

하지만 삼열은 곧 자신의 그런 마음에 후회했다. 정말로 자신과 다정한 연인이 되고 싶어하는 여자를 자꾸 그런 쪽으로만 보는 자신이 부끄러웠다. 그래서 오늘은 더 신나게 놀기로 했다.

"그럼 우리 놀이공원 가요."

"그럴까?"

"네."

다정하게 대답하는 수화의 목소리와 살포시 팔에 기대는 그녀의 행동에 행복의 종소리가 들리는 듯하다. 지나가면서 자신을 바라보는 질투 어린 눈초리도 나름 좋았다.

'질투하면 지는 거라는데 너희는 루저야. 히히.'

삼열은 아름다운 수화가 자기를 사랑하는 데에 자부심을 느꼈다. 예쁘고 또 얼마나 사랑스러운가.

눈에 콩깍지가 쓴 삼열의 눈에는 수화가 무엇을 해도 예뻐 보였다. 왜 안 그렇겠는가. 이제 겨우 고등학생이 사랑에 빠져버렸으니 말이다.

연애 경험이 없기는 수화도 마찬가지였지만 그녀는 본능적으로 알았다. 지금은 완급을 조절할 타이밍이라는 것을.

전교생의 왕따이던 삼열과 다르게 그녀는 늘 남자들의 시선을 받았고 또 대시를 받았다. 그런 와중에도 흔들리지 않고 공부를 해온 그녀의 내공은 상당한 상태였다.

두 사람은 아침 일찍 만났기에 거리를 걷다가 지하철을 타고 어린이대공원으로 갔다. 자유이용권을 구입하고 둘은 시시덕거리며 놀이동산 안으로 들어갔다.

일요일이긴 해도 아직 오전이라 사람이 많지는 않았다. 범퍼카를 타고 바이킹을 타고 나니 그때부터 사람들이 늘어나기 시작했다.

점심 먹을 시간이 되니 이제는 기다리는 시간이 길어졌다. 그래서 삼열과 수화는 자이로드롭만 타고 동물원으로 가기로 했다

삼열과 수화는 한참을 기다려 자이로드롭을 탔다. 휙 하고 하늘로 올라갔다 추락하기를 몇 번 하고 끝이 났지만 삼열은 정신이 어질어질했다. 반면 수화는 재미있는지 한 번 더 타고 싶어했다.

수화가 원하니 삼열은 그렇게 해주고 싶었지만 엄두가 나지 않았다. 삼열이 어물거리고 있으니 수화가 피식 웃으며 배가 고프다고 했다. 삼열은 옳다구나 하고 점심을 먹으러 갔다. 패스트푸드점에서 햄버거를 사오는데 주위의 사람들이 모두

수화를 바라보고 있다.

점심을 먹고 동물원에 가려는데 수화가 돈이 아깝다고 해서 그냥 서울로 돌아왔다. 수화는 삼열이 놀이기구를 타는 것을 재미없어하는 것을 알아채고는 얼른 다른 핑계를 대고 서울로 돌아온 것이다.

신림동의 맛집을 가자는 수화의 말에 전철에서 일단 내렸다.

"그런데 선배, 점심 먹자마자 저녁 먹어요?"

"누가 그렇게 한대?"

"그럼요?"

"여기서 뮤지컬을 볼 거야."

"좌석이 있을까요? 오늘 일요일이라 사람이 많을 텐데요."

"응, 그래서 올 때 미리 스마트폰으로 예매했어."

"정말요?"

"응."

"와, 정말 놀라워요."

"흥, 넌 내가 뭐 이 정도도 못 하는 여자인 줄 알아?"

"아, 미안해요."

원래 여자는 예매나 예약 같은 것을 남자보다 잘한다. 특히 할인권을 다운 받는 일 같은 것에는 거의 천재적이다. 디큐브

아트센터에서 네 시부터 공연이 있어 중간에 한 시간 정도 시간이 남았다.

그 시간 동안 가게에서 이것저것 구경하는데 수화가 반지를 유심히 바라보고 있다.

"하나 사줄까요?"

"뭐, 뭐? 내가 뭘?"

얼굴을 붉히고 화를 내는 수화를 보며 삼열은 고개를 갸웃거렸다. 반지를 사주겠다는데 왜 화를 내는지 모르겠다.

공연이 시작되기 전까지 수화는 화가 나서 삼열과는 말도 안 하려 했다. 그러나 뮤지컬이 시작되고 얼마 지나지 않아 오히려 삼열의 손을 살짝 잡아왔다.

낭만적 사랑의 이야기였는데, 수화는 특히 남자 주인공이 여자 주인공에게 노래를 불러주는 장면에서 '어머, 너무 멋져'라는 감탄사를 연발하며 삼열을 바라보았다.

공연 중간에는 탱고, 캉캉, 왈츠가 나와 로맨틱한 사랑을 꿈꾸게 했다. 드라마와는 달리 주인공의 사랑이 이어지는 해피엔딩 스토리여서인지 수화는 무척 좋아했다.

뮤지컬을 보고 행복해하는 수화를 보며 삼열은 그게 그렇게 감동적인 이야기였나 생각해 보았지만 그다지 마음에 와닿는 것이 없다.

"우리 이제 맛있는 거 먹으러 가."

"네, 그렇게 해요."

수화의 목소리가 들떠 있다. 그러면서 우리 이거 하자, 저거 하자며 종알거렸다. 저녁으로 순대볶음을 먹고 차를 마신 다음 손을 잡고 거리를 걸었다.

무드 없는 삼열을 보고 수화는 지나가는 소리로 이야기했다.

"나 애인한테 꽃 받는 거 좋아해."

"아, 미안해요. 다음엔 정말 멋진 꽃 선물할게요."

"아, 아니, 멋진 꽃은 필요 없고 한 송이라도 좋아. 너의 마음이 담겨 있는 걸 받으면 정말 행복할 것 같아."

말을 마치고 눈을 깜박이며 삼열을 바라보던 수화가 손가락으로 어딘가를 가리켰다. 그곳에 작은 꽃집이 있다.

"아, 잠깐만요."

삼열은 급히 꽃가게로 뛰어가 장미꽃 한 다발을 사 왔다.

"자, 선물이에요."

"흥!"

"왜요?"

삼열이 조심스럽게 묻자 수화가 혼잣말처럼 나지막하게 중얼거렸다.

"그렇게 무드 없이 주면 어떻게 해. 사랑의 노래를 불러주거나 무릎을 꿇고 내 사랑을 받아주오, 이렇게 해도 받아줄까 말까인데."

삼열은 주위를 둘러보았다. 수많은 사람이 지나가고 있다. 아니, 이곳에서 어떻게 노래를 부른단 말인가. 더구나 삼열은 지독한 음치다.

"싫으면 말고."

토라져서 가는 수화를 보며 삼열이 다급하게 외쳤다.

"해요, 해. 사랑하는 수화 선배, 내 사랑을 받아줘요."

삼열은 고개를 숙이고 수화의 앞에 무릎을 꿇고 두 손으로 고이 꽃을 바쳤다. 여기저기에서 키득거리는 소리에 삼열의 얼굴이 붉어졌다.

"좋아, 기쁘게 받을게."

수화가 꽃을 받자 여기저기에서 박수 소리가 들렸다. 수화가 다가와 팔짱을 끼자 삼열은 안도의 한숨을 쉬고 다시 둘이 거리를 걸었다.

삼열은 수화와 헤어져 집으로 돌아왔다. 여자를 사귀는 것이 이렇게 힘든 일인지 전에는 몰랐다. 특히나 오늘 수화의 행동은 예측 불가였다. 도무지 왜 그러는지 알 수가 없다.

그런데도 그렇게 팩 토라지는 모습조차 얼마나 예쁘고 사랑스러운지 꽉 깨물어주고 싶을 정도이다.

삼열과 헤어져 돌아온 수화는 강압적으로 받은 장미 다발을 보며 빙긋 웃었다. 자신의 애인은 정말 아는 게 없다. 키스만 잘할 뿐이지 여자의 마음 같은 것은 몰라도 너무 모른다.

'잘 가르쳐서 나만 사랑하게 만들어야 해.'

아름다운 미소 속에 사악한 계획이 넘실댄다. 그녀는 문을 닫고 방 안에 꽃을 소중하게 놓았다.

"쳇, 둔탱이. 여자에게 반지를 주려면 멋지게 준비하고 줘야지, 그냥 '사줄까요?'가 뭐야, 무드 없게. 여자가 반지를 얼마나 소중하게 여기는지도 모르는 바보 같으니라고."

수화는 침대에 벌렁 누웠다가 다시 벌떡 일어나 중얼거렸다.

"어떻게 반지를 받을 수 없을까? 노골적이면 안 되는데."

똑똑.

"네."

장미화가 딸의 방으로 들어왔다.

"나의 하나밖에 없는 딸아."

"왜요, 엄마?"

"너 내가 연애를 하라고 했지, 누가 아무 데서나 남자와 입술을 그렇게 마주치라고 했니?"

"헉! 보셨어요?"

"그래, 이년아. 누구야? 키도 크고 멋진 것 같아 보이던데. 집에 한번 데리고 와."

수화는 엄마가 하는 말을 듣고 안도의 한숨을 쉬었다. 삼열과 헤어지기 전에 잠깐 살짝 입맞춤을 했는데 그 모습을 본 모양이다.

"뭐, 뭘 데려와. 그냥 아무 사이도 아냐."

"아무 사이도 아니긴 뭐가 아냐. 입술 박치기까지 한 주제에."

"그게 뭐 어때서. 그냥 굿 나잇 키스였을 뿐인데."

"뭐야? 굿 나잇 키스라고?"

"그, 그래. 뭐 어쩔 거야?"

장미화는 뻔뻔하게 나오는 딸을 보고 황당했다. 다른 곳도 아니고 사람들이 지나다니는 아파트 앞에서 키스까지 한 주제에 아무 사이도 아니라고 하는 딸에게 화가 나는 것을 넘어 어이가 없어졌다.

'내가 내 발등을 찍었네. 연애도 많이 해보라고 했더니 당장 실천할 줄이야.'

엄마의 째려보는 눈빛을 뻔뻔함으로 천연덕스럽게 막아내며 오히려 얼굴을 위로 드는 수화의 모습은 거만하게까지 보였다.

이 모습을 다른 남자들에게 보였으면 손뼉을 치고 환영을 할 장미화였지만 지금은 감히 딸이 자기에게 하고 있지 않은가.

"너, 그러면 아빠한테 이른다."

아빠라는 말이 나오자 찔끔한 수화가 헤헤 웃으며 비굴 모드로 바꾸었다.

"아빠는 바쁘신 분인데 이런 사소한 일로 신경 쓰게 해드리면 안 되지."

그러면서 '엄마, 요즘 피부가 너무 곱다. 어디 숍 다녀? 어디 피곤한 데는 없어?' 하며 갖은 애교를 부리니 장미화는 못 이기는 척하고 '너 다음에도 그러면 아빠한테 말씀드릴 거야' 하는 선에서 그쳤다.

장미화가 나가자 수화는 입술에 손을 대고 오늘 있던 일들을 생각하며 행복한 미소를 지었다.

*   *   *

삼열은 새로 구입한 글러브와 야구방망이를 보며 흐뭇하게 웃었다. 방 안에는 그가 좋아하는 그렉 매덕스, 박찬호, 랜디 존슨의 사진을 걸어놓았다.

그가 가장 좋아하는 사람은 그렉 매덕스다. 300승 5,000이닝을 달성하고 4년 연속 사이영상을 받은 그를 좋아하는 이유는 그가 효율적인 투구를 했기 때문이다.

제구력의 마술사로 불리는 그는 강속구 투수도 아니면서

메이저리그의 강타자를 농락했다.

박찬호는 한국인 최초의 메이저리거로 한국 출신의 야구 선수라면 누구나 존경할 만한 인물이다. 랜디 존슨은 멋진 콧수염 때문에 좋아한다. 뭐, 강속구 투수이기도 하고.

삼열은 야구를 할 수 있어 너무나 좋았다. 야구를 한다고 생각하니 마치 자신이 살아 있는 것 같아 행복했다.

"이제 난 저 사진의 인물들보다 더 뛰어난 야구 선수가 될 거다."

삼열은 주먹을 굳게 쥐고 파이팅을 외쳤다.

야구공을 가져와 그립을 잡아보았다. 까끌까끌한 실밥이 손에 착 감겼다. 감이 좋았다. 직구인 포심 패스트볼을 위한 그립을 잡아보았다.

포심은 흔히 말하는 직구를 일컫는다. 네 개의 실밥을 건너 공을 잡으면 된다. 주마야라는 선수는 포심 패스트볼로 무려 107마일, 즉 172㎞/h를 던졌다.

포심이 구속을 위한 직구라면 투심 패스트볼은 구속은 약간 떨어지지만 힘을 주는 실밥에 따라 공이 떨어지는 각도가 다르게 나타난다. 직구인데도 치면 장타가 나오지 않고 범타가 나오는 것은 이 투심인 경우가 많다.

삼열은 야구공을 손에 쥐고 빙글빙글 돌리며 공에 익숙해지려고 노력했다. 손이 크고 손가락이 긴 그는 투수를 하기에 신체적 조건이 아주 좋았다. 그리고 키가 196㎝나 되는 거구라 위에서 내리꽂는 투구로 타자를 압도할 수 있는 공을 던질 수 있다.

물론 메이저리그에서도 그 정도의 키라면 신체적으로는 충분히 투수로서 성공할 수 있다.

삼열은 야구공을 손에서 떨어뜨리지 않고 항상 가지고 다녔다. 잘 때도 손에서 놓지 않고 오직 수화를 만날 때만 가방에 넣어두었다.

그는 허재 감독이 농구공에 대한 감각을 높이기 위해 목장갑을 끼고 드리블을 했다는 말대로 얇은 면장갑을 끼고 따라해볼 생각이다. 하지만 아직은 손에 익히는 것이 더 급해서 항상 공을 들고 다니는 것으로 만족했다.

야구는 투수 놀음이라고 할 정도로 투수 의존도가 높다. 그런데 투수는 타자와의 수 싸움에 능해야 한다. 타자가 직구를 기다리면 변화구를 던져 타이밍을 뺏어야 한다. 당연히 구질이 다양한 투수가 유리할 수밖에 없다.

'타자와의 수 싸움이라……. 심리학을 공부해야겠군.'

심리학책을 사서 보니 별 쓸데없는 이야기가 많았다. 그래도 참으며 읽었다. 그렇게 심리학 이론에 대해 어느 정도 알게 되자 실제적인 심리학책을 구해 읽었다.

『인간 행동의 이해』, 『설득의 심리학』, 『털 없는 원숭이』,

『루시퍼 이펙트』 등등의 책을 구해 읽다 보니『연애학개론』,
『화성에서 온 남자 금성에서 온 여자』,『악마의 연애술』,『연
애의 정석』,『연애의 교과서』 등과 같은 책들도 보게 되었다.

이 책들을 보니 새로운 세계가 열렸다. 그동안은 모르고 있
던 사실을 알게 된 것이다. 그리고 왜 수화가 반지를 사준다
고 했을 때 화를 냈는지도 비로소 알게 되었다.

"음하하하, 이제 나는 연애의 달인이다."

삼열은 기껏 연애학개론 몇 권 읽고 마치 자기가 고수인 양
의기양양해졌다. 이론과 실제가 얼마나 다른지 알지도 못하면
서 말이다.

원래 연애를 못 해본 것들이 이론은 빠삭하게 마련이다. 그
러나 자동차 원리를 안다고 만들 수 있는 것은 아니다.

그리고 차를 만들어놓았다고 하더라도 어떤 차가 나왔는지
가 문제다. 똥차를 만들면 만들지 아니함만 못하다. 그러므로
차를 만들 때 경험이 중요한 것처럼 연애도 경험이 중요했다.

물론 원리를 알고 시작하면 조금 더 유리하기는 하다.

요즘 들어 삼열은 육체를 극한으로 학대하여도 나아지는
기미가 보이지 않는다. 온몸이 끊어질 것 같은 고통을 참고
해도 전혀 나아지지 않았다. 마치 거대한 벽이 앞을 가로막고
있는 듯한 느낌이다.

하지만 삼열은 멈추지 않고 나아갔다. 절망의 나날 속에서

보낸 시간들이 그것을 가능하게 만들었다. 그리고 미카엘이 분명 초인적인 능력도 가능할 것이라고 했다. 그가 한 말을 이제는 믿는다. 지금 움직이고 있는 육체가 그것을 증명하고 있지 않은가.

삼열은 야구부에서 여전히 겉돌았다. 일단 그의 학년이 애매했다. 2학년이지만 그의 동기들은 3학년인데 그들은 삼열을 동기로 인정해 주지 않았다.

반면 2학년은 그를 같은 동료로 대하기에는 선배들의 눈치가 보였다.

유승대 감독은 이 문제에 대해서 모르는 체로 일관했다. 그에게 삼열은 그저 있으나 없으나 상관없지만 야구부의 이미지를 위해서는 반드시 있어야 하는 존재였다.

오늘도 여전히 삼열은 운동장만 스무 바퀴 돌고는 그걸로 끝이었다. 오직 혼자 연습을 할 뿐이다.

그가 운동장에 나서면 야구부원들은 시기와 질투, 그리고 경멸의 눈으로 지켜보곤 했다. 마치 네가 하면 얼마나 오래 하는지 보자 하는 느낌이 들 정도로 배타적이고 적대적이다.

삼열은 운동장을 돌고 나서 여전히 혼자 유연성을 길러주는 운동을 했다. 아무도 가르쳐 주지 않으니 인터넷으로 찾아서 하는 것이다.

그 후에는 허리 강화 운동을 했다. 야구부에서 가장 열심히 하는 사람은 삼열이었지만 그는 누구에게도 인정을 받지 못했다.

그렇게 한 달이 흘러갔다. 원래 운동부는 단합이 제일 중요한데 중간에 모래가 섞이자 안 그래도 좋지 않던 팀 분위기가 더 나빠졌다.

오직 왕따에 익숙한 삼열만이 분위기와 상관없이 혼자 훈련에 몰두하였다. 이렇게 되자 삼열을 방치하고 있던 유승대 감독도 신경을 안 쓸 수가 없게 되었다.

그러나 들어온 지 한 달밖에 안 된 삼열을 내보내는 것은 말이 안 되었다. 특별한 문제도 일으키지 않았는데 내쫓아 버리면 아마 야구부는 해체되고 말 것이다.

'어떻게 한다?'

유승대 감독은 고심을 거듭하다 야구부원을 모았다.

"거기, 삼열이 나와라."

"네."

"이제 삼열이가 야구부에 들어온 지 한 달이 되었다. 그동안 서로 불편해하는 것 같아 내가 정리를 하겠다. 삼열이는 2학년이다. 하지만 이미 1년 전에도 2학년이었다. 그러므로 2학년들은 동료로 생각하고 대할 땐 형으로 불러라. 3학년은 삼열이에게 굳이 선배 대우를 받으려고 하지 마라. 그리고 야구부내에서 서로 이런 서열로 인해 불화하는 것은 용납하지 않겠다. 알겠나?"

"네, 감독님."

"알겠습니다."

유승대는 비록 돈은 밝히지만 실력 있는 감독이다. 야구팀
이 약한 것은 학생들의 자질 탓이지 그의 무능 때문이 아니었
다. 결정적으로 최근에 괜찮은 선수가 거의 입학을 하지 않은
것이 더 컸다.

*　　　*　　　*

한국의 야구 붐은 박찬호의 메이저리그 활약으로 일어나기
는 했지만 요즘은 박지성과 이청용 등 해외파 축구선수 때문
에 주춤한 상태이다.

클리블랜드 인디언스의 추신수 선수가 있지만 파급력은 크
지 않았다. 여전히 국내 야구 경기가 축구보다는 인기가 있지
만 유망주가 예전 같지 않았다. 그래서 각 고등학교의 야구부
에는 예전처럼 지원자가 몰리지 않았다. 신생고인 대광고는
더욱 그러했다.

"이제 캐치볼을 할 때는 삼열이도 참가한다. 한 팀에서 열
외는 없다. 왕따도 없다. 우리는 한 팀이다. 알겠나?"

"네."

"네."

유승대 감독이 어쩔 수 없이 팀의 화합을 위해 나서게 되자 삼열은 비로소 야구를 할 수 있게 되었다.

삼열은 야구를 배우게 된 것이 무척 좋았다. 1학년 때 야구부의 배트 보이가 된 후 2년 만에 비로소 야구다운 야구를 하게 되자 감격스러웠다.

사실 고2의 나이에 야구를 시작한다는 것은 야구를 장난으로 여기는 사람이 아니면 못 하는 일이다. 그래서 야구부원들이 삼열을 무시하는 것이다.

야구뿐만 아니라 축구, 골프 등 대부분의 운동은 어릴 때부터 해야 한다. 운동신경이 특별하게 좋을 경우에도 최소한 중학교 때에는 시작해야 한다.

그런데 삼열은 고등학교 2학년이다. 그렇게 늦은 나이에 시작한다고 하니 누가 환영하겠는가.

그러나 감독이 친히 나서서 교통정리를 했으니 부원들은 따라야 한다.

"형, 받아요."

"어."

칠수가 던진 공이 삼열의 머리 위로 날아갔다. 삼열은 재빨리 따라갔지만 잡을 수 없었다. 일반 야구부원에게는 그다지 어려운 볼이 아니었지만 초보자인 삼열에게는 무척이나 잡기 힘든 볼이었다.

삼열은 재빨리 달려가 공을 주운 후 던졌다. 그 짧은 사이에도 그립을 포심 패스트볼로 잡아 재빨리 던졌다. 공이 중간에 날아가다가 뚝 떨어졌다.

그립 자체가 문제된 것은 아니었다. 순전히 자세 문제였는데 삼열의 폼이 엉망이어서 그랬던 것이다.

삼열의 투구를 보고 여기저기에서 비웃는 소리가 들렸지만 그는 들은 체도 않고 오히려 큰소리를 쳤다.

"야, 제대로 던져! 나야 그렇다 쳐도 넌 그게 뭐냐?"

칠수는 삼열의 말에 주먹을 불끈 쥐었다. 안 그래도 신입하고 연습이 잡혀서 짜증이 난 상태인데 그에게 잔소리까지 들으니 마음이 좋을 리 없었다.

"×발, 조또 뭣도 아닌 것이."

칠수가 낮은 소리로 중얼거렸지만 삼열은 모두 들었다. 예전 같았으면 무시했겠지만 삼열은 참지 않았다.

"너 이 자식, 제대로 못해?"

삼열의 말에 칠수가 글러브를 집어 던지고 운동장을 벗어났다. 눈에 불이 확 치솟아 올랐으나 여기서 문제를 만들면 안 된다는 것을 느꼈다. 일부러 도발하는 느낌이 강했기 때문이다.

삼열은 섀도 피칭을 하며 시간을 보냈다. 중간중간 투수인

광열이 공을 던지는 것을 훔쳐보면서 자신의 자세를 교정해 나갔다. 확실히 옆에서 보는 것이 동영상으로 보는 것보다 더 잘 이해되었다.

야구부원들과 감독은 삼열에게 기대하는 것이 하나도 없었다. 그러니 연습을 같이 해도 건성으로 할 뿐이다.

삼열은 야구부원들의 무시를 묵묵히 받아가며 하루도 빠지지 않고 야구부에 나갔다. 그러는 한편 자구책으로 이상영 선수가 운영하는 야구교실에 가서 주말에 배우기로 예약했다.

현역 시절, 야생마라는 별명을 가진 그에게 레슨을 받는다는 것은 가슴 설레는 일이었다. 혼자 레슨을 받는 것은 아니고 단체 팀이 예약되어 있어 청강 형식으로 수업을 받게 되었다.

일찍 일어나 남양주시에 있는 하우스에 도착하여 레슨비를 내고 운동화를 신고 들어갔다. 징 스파이크는 착용 금지였기에 어제 운동용으로 급히 하나 샀다.

시간보다 10분 늦게 이상영 씨가 와서 인사를 나눴다. 시원한 인상의 그는 과거 특유의 카리스마 넘치는 모습 그대로였다.

왼손 투수로 150㎞를 던지던 그는 93년 9승(3완봉) 9패로 신고식을 치른 다음 94년엔 18승, 95년에는 20승을 하였으며 96년에는 마무리로 변신했다.

모두와 가볍게 인사를 나눈 뒤 이상영 씨는 한 시간 동안 강의를 하고 돌아가며 자세를 교정해 주었다.

　"어, 네가 그 이상한 놈이냐? 고등학생이 처음으로 야구 시작했다고 자기소개에 적은 놈 말이다."

　"아, 네."

　"어디 한번 자세를 잡아봐라."

　삼열은 자세를 잡고 섀도 피칭으로 공을 던졌다.

　"흠, 연습한 지 얼마 안 되는군. 넌 도저히 봐줄 수가 없구나. 일단 공 잡는 법부터 배워야겠다. 아니, 그게 아니고, 야구공을 잡는 모양만 같아서는 안 돼. 공을 잡을 때 너처럼 손 전체의 힘으로 잡으면 부상의 위험도 커져. 손가락과 손목의 힘으로 던지는 거야. 거기에 네놈의 체중을 싣고서 말이다."

　"아!"

　삼열은 곧장 다시 섀도 피칭을 했다.

　"오, 새끼, 똑똑한데? 넌 예외로 봐주마. 그래, 그렇게 하는 거야. 잡놈이 온갖 폼은 다 잡네. 뭐, 그것도 괜찮지. 넌 키도 크고 팔도 길어서 가능성이 있는데 문제는 너무 늦게 시작했다는 거야. 아깝네."

　"죽도록 열심히 하겠습니다."

　"그런다고 되냐?"

　"될 때까지 하겠습니다."

"뭐, 나야 너 같은 나이롱환자가 오면 환영이지만 조금 아깝네. 일찍 배웠으면 한가락 했을 텐데 말이다."

이상영 씨에게 배운 것은 불과 20여 분에 지나지 않았으나 자세에 대한 개념이 어느 정도는 잡혔다. 누구도 가르쳐 주지 않던 것을 최고의 투수였던 사람에게 배우니 확실히 달랐다.

삼열은 주말마다 이상영 씨를 찾아가 그에게 야구를 배웠다. 처음에는 신기해하며 장난 반으로 가르쳐 주던 그도 삼열의 열정에 감동했는지 시간이 지남에 따라 진지하게 가르치기 시작했다.

삼열이 야구에 미쳐서 돌아다니자 수화가 마침내 삐쳤다.

볼 때마다 입술을 쭉 내밀고 삼열을 보고도 아는 체를 안 했다.

삼열은 손이 발이 되도록 빌고서 자신의 입장을 자세히 설명했다.

"그래서요, 제가 아주 곤란한 상황이에요. 저는 야구가 하고 싶어 미치겠고요."

"그래도 이건 너무하잖아."

"선배가 야구 포기하라면 그렇게 할게요. 그런 것이 아니라면 이해 좀 해주세요."

삼열이 진지하게 야구를 포기한다고 말하자 수화는 겁이

덜컥 났다. 만약 그렇게 된다면 자신은 평생 원망을 듣고 살게 될 것이 아닌가.

"누, 누가 그걸 원한대? 하지만 나하고 함께 있는 시간도 내 줘야지. 애인인데 자기 일 바쁘다고 안 만나면 그게 애인이야? 그렇게 가다간 결국 헤어지게 된다고. 난 자기하고 알콩달콩 살고 싶은데 넌 그렇지 않은가 보지?"

"그건 아니에요."

삼열은 재빨리 부인했다. 그는 정말로 수화를 위해서라면 야구를 그만둘 수도 있을 것으로 생각했다. 그만큼 그녀는 그에게 소중한 존재였다.

그녀의 말도 일리가 있다. 애인 사이인데 만나는 시간이 없다면 그녀의 말대로 될 확률이 높았다.

"그럼 이렇게 해요. 우리 매일 한 시간씩 만나요. 그리고 못만나는 날은 다음 날 두 시간 만나고요."

"좋아, 그렇게 해."

수화는 하루 종일 같이 있고 싶었지만 삼열이 아직 고등학생이라 그녀가 원하는 대로 할 수는 없었다.

"그런데 한 시간이면… 만나자마자 헤어지는 거 아냐?"

"어, 그러네요?"

"그럼 너희 집에서 만나기로 해. 그리고 한 달에 한 번은 놀러 가기로 하고."

"좋아요."

삼열로서는 쌍수를 들고 환영할 일이었다. 사실 은근히 수화도 원하고 있었다. 집에서 만나면 분위기를 봐서 슬쩍 시간을 더 늘릴 수도 있을 것으로 생각했다.

"그럼 오늘부터 해."

"좋아요."

둘은 서둘러 삼열의 아파트로 갔다. 오랜만에 만난 두 사람은 그동안 참고 있던 애정 표현을 하기 시작했다. 누가 먼저 했는지도 모르게 동시에 서로 안고 키스를 시작한 것이다.

"하아~"

수화가 나직한 한숨을 내쉬며 호흡을 골랐다.

삼열이 웃옷을 벗자 탄탄한 근육으로 단련된 상체가 나타났다. 그 모습을 보자 수화는 정신을 차릴 수가 없었다.

"선배, 사랑해요."

"응, 나도 사랑해."

둘은 어떻게 시간을 보냈는지 몰랐다.

*   *   *

수화는 모르고 있었다. 아무리 무리를 해도 자고 나면 거뜬해지는 괴물 같은 삼열의 회복력을 말이다. 게다가 삼열이 미카엘의 지도 아래 무려 1년 동안 기가 충만한 산에서 죽도록 뛰어다녀 엄청난 체력을 가지게 되었다는 것도.

"히잉, 벌써 한 시간이 넘었잖아."

"뭐 어때요, 우리 사이에."

그 소리에 수화가 귀를 쫑긋했다.

"우리 사이?"

"이제 부부나 마찬가지잖아요."

"그, 그래, 부부나 마찬가지지. 흥, 그러니까 다른 여자 쳐다보면 알지?"

"물론이죠."

수화의 엄포에 삼열은 깜짝 놀라 대답했다. 수화에게서 물씬 풍겨오는 어둠의 포스가 상당한 탓이다. 정말 자기가 다른 여자에게 눈을 돌리면 무슨 사달이라도 낼 것 같았다.

"전 선배밖에 없어요, 하하하!"

"근데 말이야……."

"뭐요?"

"네가 나에게 하는 호칭이 좀 그래."

"그래요? 난 자연스러운데."

"이제 우리 애인 사이잖아. 그러니까 선배보다는 이름을 불러줘."

"그럴게요."

"그리고……."

"네."

"하지만 나를 존중해 준다는 의미로 예전처럼 존칭은 계속 써줘."

"그럴게요."

삼열은 호칭과 존댓말을 쓰는 것이 무엇을 의미하는 것인지 몰랐다.

언어에는 힘이 담겨 있다. 자신도 모르는 사이에 존칭을 사용하면 정말 상대를 존중하게 된다는 것을.

머리가 좋으면 뭘 하는가. 아무리 머리가 좋아도 여자를 이길 수는 없다. 왜냐하면 둘 사이에는 이성 이외의 것이 더 많이 작용하기 때문이다. 어쨌든 삼열은 오늘 행복했다. 드디어 두 사람이 하나가 되었으니까.

*   *   *

삼열의 실력은 이상영 씨에게 야구를 배우면서 몰라보게 늘었다. 비록 직구 하나지만 이제는 던지는 것이 어색하게 보이지 않을 정도로 자연스러워졌다.

다행스러운 것은 그의 도움으로 아주 빠른 시간 내에 가장 적절한 투구폼이 완성되었다는 것이다.

"와, 너 이 자식, 괴물이구나? 뭐, 아직 구속이 그다지 좋지는 않지만 뼈가 슬슬 굳어 가는 나이에 시작한 것치고는 최고다. 어릴 때부터 하던 아이들만큼은 안 되겠지만 제법 괜찮겠는데?"

"이게 다 선생님 덕분입니다."

"돈 받고 하는 건데, 뭐. 그래도 너 같은 초짜를 봐준 것은 특별한 케이스니까 그 은혜를 잊으면 안 된다?"

"네, 물론이죠."

삼열도 알고 있다. 같은 야구부에서도 포기하여 아무것도 가르쳐 주지 않았는데, 물론 레슨비를 내기는 하지만 그것도 턱없이 싼값이라는 것을 모를 리가 없다. 삼열의 입장에서는 적지 않은 돈이지만 이상영 씨는 받은 것 이상으로 해주고 있었다.

그가 레슨을 하면 주로 열 명 안팎인데 가끔 단체 레슨이 없을 경우에도 기존의 금액으로 봐주면서 오히려 레슨 시간은 훨씬 길었다.

게다가 이상영이 삼열에게 간혹 밥도 사주고 했으니 개인적인 호감이 없다면 어림도 없는 일이다.

"그래, 혼자 산다고?"

"네, 부모님께서 사고로 일찍 돌아가셨습니다."

"저런, 너 앞으로 형이라고 불러라. 그리고 레슨비는 그대로

내고. 대신 훨씬 잘 봐줄게. 돈은 안 받아도 되지만 그러면 스
승과 제자라는 관계가 흐트러져. 그렇게 되면 나도 대충 가르
쳐 주게 되고 배우는 너도 그렇게 되지. 경제적으로 어려우면
이야기하고. 외상으로 해줄 수도 있어."

"어렵지는 않습니다. 부모님이 돌아가시기 전에 들어놓은
연금이 있어서요."

"그래? 그러면 다행이고."

이상영 씨는 무서울 것 같은 이미지와는 달리 다정다감한
면이 많았다. 그는 한참을 생각하다가 말했다.

"정말로 야구를 할 생각이라면 말리고 싶다. 미치도록 해도
네 나이에 시작하면 잘해야 프로 리그의 2군밖에 못 할 거야.
하지만 너는 다른 아이들과 달리 습득 속도가 무척 빨라서
나도 장담하지는 못하겠다. 머리는 좋은 거 같으니 내가 하는
말이 무슨 소린지 알겠지? 그러니 아니다 싶을 때는 빨리 포
기하도록 해라. 그전까지는 내가 최대한 돕도록 하마."

"감사합니다, 형님."

"그래, 그래. 우리 한번 해보자."

이상영 씨는 한국 투수 중 수위를 다투던 전설적인 선수다.
구단과의 마찰로 뜻을 펴지 못했지만 미국의 메이저리그까지
경험한 베테랑이다.

"여자 친구는 있고?"

"네."

"오호! 순둥이인 줄 알았는데 아니었네? 잘해줘라. 여자는 남자 하기 나름이야. 상냥한 각시가 되기도 하고 사나운 호랑이도 되기도 하니 알아서 잘해."

"네."

이상영은 삼열을 보며 흐뭇하게 웃었다. 그는 삼열이 야구 선수로 대성할 것이라고는 믿지 않았다. 너무 늦게 시작한 탓이다.

하지만 신체적 조건이 너무나 좋았다. 게다가 머리도 상당히 좋아 하나를 가르쳐 주면 열을 깨달아 무척이나 습득 속도가 빨랐다.

그래서 아주 조금 기대를 하고는 있었다. 어쩌면, 어쩌면 가능할지도 모른다는 실낱같은 기대가 생기기 시작한 것이다.

"이제 포심 패스트볼은 익숙하니?"

"아니요. 아직 멀었어요."

"그래, 처음에는 포심과 투심 패스트볼로 타자를 상대하다가 나중에 변화구 한두 개만 익히면 고교야구에서는 통할 거다. 그런데 감독이 너를 출전이나 시켜줄지 미지수다. 하하하, 너를 받아준 것만으로도 그 감독이 어지간한 꼴통인 것은 알겠다."

이상영은 말을 하면서도 신이 났는지 호쾌하게 웃었다. 삼열도 따라 웃었다.

레슨을 마치고 오니 수화가 기다리고 있다. 삼열은 사랑을 나누고 난 후부터 자기에게 유독 집착하는 수화가 싫지 않았다.

그에게는 의지할 친척도, 친구도 없다. 수화는 가장 어려운 시기에 다가와 주었고, 대학생이 되어서도 그 많은 남자를 거부하고 자기만 바라봐 준 여자다. 어찌 예쁘지 않겠는가.

게다가 눈치가 빠르고 영리해서 삼열이 싫어하는 일은 아예 하지 않았다.

"잘했어?"

"네, 상영이 형이 잘 가르쳐 주세요."

"어머, 이제 형이라고 불러?"

"네, 형이라고 부르래요."

"와, 너를 잘 봤나 보다. 내 남편 멋쟁이."

수화가 남편이라고 하자 삼열은 은근히 기분이 좋았다. 마치 그녀가 자신의 각시라도 된 느낌이 들었다.

"어디까지 배웠어?"

"포심 패스트볼은 이미 배웠고요, 투심 패스트볼은 이제 배우는 중이에요."

"아, 그렇구나. 변화구는 언제 배워?"

"이제 시작인데 천천히 배우겠죠."

"하긴."

수화도 삼열을 따라 야구를 배우고 있는 중이다. 야구에 관심이 하나도 없던 그녀도 이제는 제법 야구의 룰도 알고 유명한 선수들도 알았다.

특히 벽에 걸려 있는 그렉 매덕스와 박찬호, 그리고 랜디 존슨은 확실히 알았다.

그녀는 본능적으로 야구에 대해서 모르면 애인과 이야기가 통하지 않는다는 것을 알고 억지로 야구를 좋아하려고 노력하는 중이다. 그러다 보니 야구 선수도, 야구의 룰도 조금씩 알게 되었다.

수화는 사랑을 위해 이 정도 수고는 기꺼이 할 의사가 있었다. 그러면서도 그녀는 여자들은 원래 운동을 싫어하고 자신도 마찬가지지만 너를 위해 배우는 거라고 했다.

그러자 삼열은 감격했다는 듯한 표정을 지으며 '정말요? 고마워요, 수화 씨'라고 했다.

그렇게 큰소리는 땅땅 쳐 놨는데 막상 공부하려니 어디서부터 어떻게 해야 할지 감이 잡히지 않았다.

수화는 삼열이 알아서 가르쳐 주지 않을까 기대했지만 그는 전혀 그럴 마음이 없어 보였다. 그래서 포기하고 나름의 방식으로 본격적으로 야구에 파고들었다.

그리고 마침내 그녀는 자신의 수고보다 더 큰 삼열의 존경을 받아냈다.

　여자는 사랑에 빠지면 여우가 된다고 하는데 수화는 원래부터 여우였다. 그러니 삼열이 수화의 손바닥을 벗어나기란 요원한 일이었다.

　원래 코끼리를 어릴 때 묶어놓고 키우면 커서 약한 줄로 묶어놓아도 벗어나지 못한다고 하지 않던가.

　아무것도 모르는 순진한 삼열에게는 이것이 조기교육이나 다름없었다.

　남녀 관계에 대해서 그는 정말 아는 바가 없었다. 한창 민감한 사춘기에 부모님이 돌아가시고 설상가상으로 불치병까지 걸렸으니 여자에 대해서는 백지 그 자체였다.

　둘이 저녁을 해먹고 같이 TV를 보고 있으니 마치 신혼부부 같다. 하루에 한 시간씩만 보기로 한 약속은 이미 깨진 지 오래였다.

　친구들과 약속이 있는 날이 아니면 수화는 언제나 삼열의 집에 죽치고 있었다. 삼열 역시도 그게 좋았다.

　수화는 특이하게도 삼열이 운동할 때는 거의 터치하지 않았다. 남자 혼자 살던 집에 여자가 있으니 방도 깨끗해지고 집 안의 분위기가 화사하게 좋아졌다.

　둘은 눈이 맞으면 가끔 낮에도 정열의 시간을 보내기도 했지만 그런 경우는 많지 않았다. 삼열이 가야 할 길이 너무나 멀었고, 그 사실을 아는 수화가 적극 협조했기 때문이다.

운동을 하기에 17평 아파트는 좁았지만 그렇다고 큰 집으로 이사 가고 싶지는 않았다. 무엇보다도 이곳엔 60평대의 넓은 아파트 외에는 삼열이 사는 아파트밖에 없었기 때문이다.

물론 옆 단지에 24평대의 임대아파트가 있기는 하지만 이미 임대 분양이 끝난 터라 매물이 나올 리가 없었다. 혹시 빈집이 있다 하더라도 신청해 봐야 혼자 사는 그는 자격 미달이라 떨어질 것이 분명했다.

TV에서는 달달한 연애물 연속극이 방영되고 있었다. 「바람난 가족」이라는 제목의 막장 드라마를 수화는 좋다고 보고 있다.

삼열은 고개를 좌우로 흔들었다. 욕하면서 열심히 보는 그녀가 도대체 이해가 안 되었다.

한참 드라마를 보던 수화가 삼열의 어깨에 기대었다. 그러자 삼열은 수화에게서 풍기는 달콤한 향기에 빠져 코를 벌렁거렸다.

"어, 너 또 이상한 생각했지?"

"아니에요."

"너 나쁜 생각하면 안 돼."

"알겠어요. 나쁜 생각은 안 하고 수화 씨에게 나쁜 행동만

할게요."

"아잉."

수화가 앙탈을 부리자 삼열은 웃었다. TV 화면에서는 여전히 막장 내용이 흘러나오고 있다.

6. 첫 패배

MLB
메이저리그

고교야구는 후반기라 큰 대회가 없었다. 청룡기나 대통령배 야구대회는 이미 끝났다. 남은 것은 전국체육대회뿐이다. 그리고 간간이 근처 학교와 야구 시합을 벌일 뿐이라 삼열의 야구 실력이 하루가 다르게 발전하고 있는 것을 아무도 알지 못했다.

아직 삼열의 구속은 90km/h이다. 고교야구에서 유망주라고 일컬어지는 투수의 최고 구속이 140km/h인 것을 감안하면 그는 아직 투수로서는 자격이 없었다.

최소 120km/h 정도는 찍어야 마운드에 설 수 있다. 그렉 매덕스 같은 컨트롤의 마술사라면 구속과 관계가 없겠지만 말이다.

또 하나, 볼 끝의 움직임이 중요하다. 공이 아무리 빨라도 볼이 가벼우면 제대로 맞으면 홈런이 될 확률이 높다. 볼 끝이 살아 있으려면 볼에 체중을 실어 던질 줄 알아야 한다.

그렇게 되려면 당연히 하체의 힘이 가장 중요하다. 하체가 견고하게 버텨줘야 다음 동작, 즉 체중을 실을 수도, 볼의 컨트롤도 정확하게 할 수 있게 된다.

하체의 튼튼함은 하루 종일 뛰고 또 뛰는 삼열에게 비견할 만한 선수가 없을 것이다. 따라서 삼열의 구속은 상대적으로 떨어질지 몰라도 벌써부터 묵직함이 나타나고 있었다.

이번 주 토요일에 야구의 명문 덕수고등학교와 연습 게임이 있어서 일주일 전부터 준비에 들어갔다.

올해 대광고등학교는 청룡기에서도, 대통령배 전국야구대회에서도 예선을 통과하지 못했다. 그나마 대부분의 학교에서 그다지 중요하게 여기지 않는 전국체전을 노리고 있을 정도이니 대광고등학교의 신세는 아주 처량했다.

기다리던 토요일이 되었다. 야구부는 학교에서 임대한 차로 연습 경기가 펼쳐지는 행당동의 덕수고등학교로 갔다. 이 학교는 교내에 따로 야구장이 있었다.

삼열은 부러웠다. 대광고등학교는 자체 연습장이 없다. 그래서 평소에는 학교에서 기초 연습만 하고 주말에는 사설 야구장을 임대하여 쓰곤 하였다.

따라서 학생들이 연습할 수 있는 여건이 좋지 않았다. 그러니 실력 있는 학생들이 대광고등학교에 올 생각을 하지 않는 것이다.

삼열도 그냥 집 앞에 있는 학교가 대광고등학교여서 진학하게 된 것이고, 학교에 다니다 보니 야구부가 있다는 것을 알고 관심을 가지게 된 것이다.

차에서 내려 시합을 준비하는 사이에 덕수고의 장팔수 감독이 대광고 쪽으로 와서 유승대 감독과 인사를 하였다.

장팔수 감독은 올림픽 경기에는 나가지 못했지만 세계야구선수권대회에는 주전으로 참석한 사람이다. 동시에 그는 유승대 감독의 2년 후배이기도 했다.

"선배님, 잘 지내셨습니까?"

"잘 지낼 리가 있겠나? 오늘 살살 좀 해줘라. 애들 기 안 죽게."

"하하하, 왜 처음부터 엄살을 떠세요. 선배님 실력을 다 아는데."

장팔수 감독의 말에 유승대 감독이 떫은 표정을 지었다.

"하여튼 잘 부탁한다."

장팔수 감독이 돌아가자 유승대 감독은 인상을 썼다. 자존심이 상한 듯했다

서로 준비하고 인사를 한 뒤 게임이 시작되었다. 삼열은 후보에도 이름을 올리지 못했다. 당연했다. 야구를 배운 지 몇 달도 되지 않았는데 무슨 후보인가.

대광고등학교의 공격으로 경기가 시작되었다. 웬일로 1번 타자 오동탁이 안타를 치고 나갔다. 그러나 2번 타자는 삼진을 당했다.

3번 타자가 집요하게 커트를 하자 투수가 짜증을 내는 순간을 이용하여 오동탁이 도루에 성공하였다. 초반부터 분위기가 좋았다.

3번 타자 박상원이 적시타를 쳐 진루하고 2루 주자는 홈인을 하였다. 1득점이다. 상대 투수는 몸이 덜 풀렸는지 컨트롤이 들쑥날쑥했다.

그러나 실점을 하고는 정신을 집중했는지 제구가 안정되기 시작하면서 직구가 묵직하게 변했다. 간간이 들어오는 커브에 타자 두 명은 모두 서서 그대로 당하고 말았다.

대광고는 비록 1회 초에 득점에 성공했지만 분위기가 좋지 않았다. 삼열은 상대 투수가 공을 던질 때 유심히 지켜보았다. 공이 떨어지는 릴리스 포인트가 아주 절묘했다.

무엇이라고 집어내기에는 아직 삼열의 실력으로 어림없었지

만 왠지 부드럽다는 느낌이 들었다. 상대 투수는 7번의 등번호를 가졌는데 정통 우완의 오버 핸드 투수였다.

오버 핸드 투수의 특징은 강속구다. 당연히 이 오버 핸드로 투구를 하면 체력 소모가 심한 편이다.

삼열은 자신이 요즘 연습하는 투구폼과 비슷한 그가 어떻게 공에 무게를 싣는지도 체크하였다. 중심축이 단단하여 공을 던지고서도 자세가 흔들리지 않았다.

덕수고 선수들은 초반부터 난타하기 시작했다. 1회에만 3점을 득점했다. 특히 4번은 거의 홈런에 가까운 안타를 쳤다. 반면 대광고는 2회 역시 상대 투수의 막강한 구위에 눌려 삼진과 범타로 물러났다.

2회부터는 대광고등학교의 투수 송치호도 제법 호투를 하기 시작해 실점 없이 2회를 마무리했다.

시합이 계속될수록 유승대 감독의 표정이 점점 안 좋아졌다. 점수는 더 이상 내주지 않고 있지만 상대 팀이 최선을 다하지 않는 것이 눈에 보였다. 대광고의 선수들은 상대 투수의 구위에 눌려 거의 속수무책으로 당했다. A급 투수를 보유한 팀의 위엄이 나타난 것이다.

"휴우."

유승대 감독이 한숨을 내쉬는 소리가 삼열이 있는 곳까지 들려왔다. 아마도 게임을 할수록 10월에 있을 전국체전조차도 별 소득 없이 끝날 것으로 생각하는 모양이다.

4회가 되면서 난타를 당한 송치호가 더 이상 마운드를 버틸 수가 없게 되어 나태삼으로 바뀌었다. 하지만 그도 2회를 버티지 못하고 물러났다. 다음 투수는 부상을 입어 더 이상 던질 사람이 없다.

유승대는 이대로 기권을 할까 하다가 삼열을 바라보았다. 어제 투구를 하는 폼을 봤는데 그런대로 괜찮았다. 삼열을 내보내는 것은 미친 짓이지만 후배 장팔수 감독의 놀림을 받는 더 싫었다.

"에이, 더 이상 팔릴 쪽도 없다. 강삼열, 나가라."

"네? 전 후보에도 못 올랐는데요."

"친선경기에 그런 게 어디 있어. 잔말 말고 나가서 던져."

친선경기에도 룰이 있기는 하지만 서로 간에 그것은 별로 의식하지 않았다. 출전 선수가 그 학교 야구부면 그다지 상관을 안 하는 편이다. 어차피 연습 게임인데 죽자 사자 달려드는 것도 우스운 일이니 그냥 묵인하고 넘어가는 것이 관례였다.

마침내 삼열은 꿈에 그리던 마운드에 올랐다. 이상영에게 투구폼을 교정받을 때 몇 번 투수석에 서본 게 전부다. 마운드에 서게 되자 약간 떨렸다.

몇 개의 공을 던져 보았다. 공이 묵직하게 들어간다. 아까 상대 투수가 공을 뿌릴 때의 자세를 눈여겨본 것이 도움이 되었다.

'후우, 잘하면 되겠는데?'

생각보다 몸의 상태가 좋았다. 그동안 하루도 쉬지 않고 극도의 훈련을 한 덕분이었다. 무엇보다도 튼튼한 다리에서 오는 견고한 자세가 좋았다. 삼열은 와인드업하고 공을 던졌다.

펑!

포수의 미트에 꽂히는 소리가 경쾌하다. 유승대 감독의 표정이 변했다. 구속은 좋지 않았지만 소리가 묵직하다. 게다가 자세도 무척 안정적이다.

'저놈이 언제 저렇게 실력이 늘었지? 하체가 튼실한 거야 이미 알고 있지만.'

옷을 벗겨보고 뽑은 녀석이니 하체가 좋다는 것은 누구보다 잘 아는 유승대 감독이다.

플레이가 시작되었다. 삼열은 생각했다.

'저 타자는 안쪽 공에 약했지?'

포수가 바깥쪽의 공을 요구했지만 삼열이 생각하기에는 아니었다. 그래서 머리를 흔들자 포수는 그럼 마음대로 던져 보라며 사인 보내기를 포기했다.

삼열은 과감하게 안쪽으로 던졌다.

펑!

"스트라이크!"

2구 역시 안쪽에 살짝 걸치게 던지자 타자의 배트가 헛돌았다.

3구는 외곽으로 하나 빼고 4구에는 다시 안쪽으로 찔러 넣었다.

"스트라이크 아웃!"

첫 타자를 잡자 자신감이 조금 생겼다. 그러나 경험 부족이 곧 드러나고 말았다.

상대 팀 선수들은 그가 직구 하나만 던지는 것을 알고는 치기 곤란한 것이 들어오면 커트를 하거나 아예 처음부터 직구만 노리고 들어왔다. 게다가 삼열의 공은 구위는 묵직하지만 치명적으로 구속이 별로 나오지 않았다.

첫 번째 타자를 제외하고는 모두 난타를 당했다. 역시 야구의 명문 덕수고등학교였다. 삼열이 이닝을 마무리했지만 결국 그는 무려 7점이나 내주고 경기가 끝났다.

유승대는 경기에서 졌지만 빙그레 미소를 지었다.

'물건이군. 전국 1등이라더니 머리 하나는 정말 좋은데?'

불과 야구를 시작한 지 한 달밖에 안 되었다. 그런데도 상대 타자의 특징까지 세밀하게 파악하여 역으로 찌르기도 했다. 이는 감독인 그도 생각하지 못한 것이다.

구위가 직구밖에 없으니 난타를 당했지만 변화구 하나만

더 익혀도 지금 같은 상황은 오지 않을 거라는 생각이 들었다.

아쉬운 것은 구속이 나오지 않는다는 점인데 그것도 그다지 염려하지 않았다. 적어도 내년까지는 고교야구에서 통할 정도의 구속은 나올 것 같았다.

"하하, 선배, 수고하셨습니다. 오늘 투수들이 일찍 무너지는 바람에 힘든 경기를 하셨습니다."

"휴, 어쨌든 고마워, 시합에 응해줘서. 다음에 밥 살게."

"아닙니다. 뭐 이런 일로. 그럼 안녕히 가십시오."

장팔수 감독은 격의 없이 이야기했지만 꼬인 유승대는 그런 말도 듣기 싫었다.

돌아오는 차 안에서 삼열은 오늘 던진 공에 만족했다. 엄청나게 난타를 당했지만 왜 그랬는지 알고 있기 때문이다.

팀의 분위기는 우울했지만 삼열은 기분이 아주 좋았다. 공을 던졌다는 것만으로도 좋았다. 마운드에서 어떻게 대처해야 하는지도 조금은 감이 잡혔다. 상대 타자가 원하는 것을 주지 말라. 그러면 이긴다.

야구부는 해산했고, 유승대는 삼열을 따로 불렀다.

"어떻게 된 것이냐?"

"야구교실에 가서 청강을 하였습니다."

"그래? 직구만 배운 거냐?"

"네."

"그래, 잘했다, 오늘은 그만 가봐라."

집으로 돌아오는 삼열의 발걸음은 게임에서 패했음에도 유난히 가벼웠다.

집에 와 쉬면서 수화와 통화를 했다. 수화는 오늘 친척 집에 간다고 했다.

삼열은 침대에 누워 눈을 감았다. 마운드에 서던 그 순간의 감격이 그를 사로잡았다.

"역시 마운드에 선 것은 잘했어. 약간의 가능성도 보았고. 나는 최고의 야구 선수가 될 테야."

수화에게서 저녁 늦게 집에 도착했다고 문자가 왔다. 왜 전화를 하지 않고 문자를 보냈을까 의아했지만 이유가 있겠지 생각하고 삼열은 잠에 빠져들었다.

*　　　*　　　*

삼열은 아침 일찍부터 서둘러 야구교실로 갔다. 이상영이 그를 반가이 맞이하였다. 인사를 하고 훈련을 시작하는데 이상영의 얼굴이 심각해졌다.

"이상하군. 일주일 사이에 투구폼이 바뀐 것 같은데. 흐트러진 것 같기도 하고 좋아진 것 같기도 하고. 너 혹시……."

역시 베테랑이었다. 이상영은 살짝 틀어진 투구 폼을 바로 잡아낸다. 삼열은 더 이상 속이지 못하고 어제 시합에서 공을 던졌다고 실토했다.

"형님, 저 어제 덕수고와의 연습 경기에서 공을 던졌습니다."

"뭐, 뭐를 던져?"

이상영이 말도 안 된다는 표정으로 되물었다.

"투수진이 바닥나서 어쩔 수 없이 던지게 되었어요."

"너 이 새끼, 야구 배운 지 고작 몇 달밖에 안 된 놈이 감히 공을 던져? 기껏 힘들게 투구폼을 잡아줬더니. 너 그따위로 할 거면 다른 선생 찾아봐, 새끼야."

순식간에 이상영의 표정이 차갑고 냉혹해졌다. 얼굴뿐만 아니라 몸 전체에서 뿜어져 나오는 어마어마한 카리스마에 삼열은 숨이 턱 막혔다.

"저, 형님, 제가 던지려고 한 것이 아닙니다. 감독님이 나가라고 해서……."

삼열은 손이 발이 되도록 빌며 자신은 절대 던지려는 의도가 없었다고 이야기했다.

"정말이에요. 저는 후보에도 올라가지 않았다니까요. 그런데 갑자기 투수들이 난조에 빠지고 마지막에 온 투수는 부상을 당해서 더 이상 던질 사람이 없었어요. 그래서 어쩔 수 없이 오른 마운드입니다. 정말입니다."

　삼열은 이상영의 도움이 절실하게 필요했다. 유승대 감독은 외야수 출신이라 투수를 가르치는 데는 그다지 유능하지 않았다. 그렇다고 대광고가 투수코치를 따로 둘 만한 상황도 아니었다.

　그나마 투수들이 버티는 것은 어릴 때부터 야구를 해와서 기본기가 비교적 착실하기 때문이다.

　"투구폼이 완성되기 전에 전력투구를 하면 그동안 노력해 온 투구폼이 흐트러진다. 특히 너처럼 처음 야구를 배우는 놈은 더욱 명심해야 한다. 네가 아마추어 야구만 하고 끝난다고 해도 나에게 배운다면 예외가 없다. 배우는 속도가 빠르니 혹시라도 가능성이 있을지도 몰라서 하는 말이다. 그게 1%라도 프로가 될 수 있다면 처음부터 몸가짐을 엄격하게 해야 한다. 특히 투수는 공을 던지는 릴리스 포인트가 조금만 늦거나 빨라도 제구력이 망가진다. 그렇게 되면 쓰레기 투수가 되는 거야. 알았어?"

　"네, 물론입니다, 형님."

　"좋아, 처음이니 용서해 주겠다. 오늘부터 야구공을 가지고 투구하는 연습을 하도록 하겠다. 전력의 50%만으로 투구한다."

　"네, 형님."

이상영은 삼열이 투구하는 것을 지켜보면서 입가에 미소를 지었다. 확실히 지난주보다 투구하는 것이 조금 부드러워진 것 같다.

'괴물이군.'

혹시나 하는 마음으로 호통을 쳤지만 상영은 고개를 끄덕였다. 확실히 머리가 좋아서인지 이해가 빨랐다. 투구하면서 배운 바가 있는 모양이다.

'이해할 수 없군. 어떻게 저런 유연한 몸이 가능하지?'

투수는 전신을 다 사용하여 공을 던져야 한다. 투수가 공에 체중을 싣지 못하게 되면 공이 가벼워 쉽게 난타를 당하고 만다. 살짝만 맞아도 안타가 되어버릴 여지가 높다. 그래서 투수에게는 하체가 중요한 것이다.

그뿐만 아니라 투수가 어깨로만 공을 던지면 금방 어깨가 망가진다. 인간의 어깨 근육은 생각보다 아주 약하기 때문이다.

삼열은 투구를 하면서 이상영에게 가끔 폼을 교정받자 기분이 좋았다. 전력투구는 하지 못해도 이렇게 자신이 투구할 수 있다는 것은 기적이었다.

몸에 각인시켜 언제 어떤 상황에서도 동일한 투구폼이 나와야 직구와 변화구의 차이를 타자가 알아차리지 못한다. 구질에 따라 투구폼이 많이 변하면 아무리 좋은 공을 던져도 프로에서는 난타당하기 쉽다.

정교한 야구를 하는 일본에서는 말할 것도 없고 힘의 야구를 하는 미국도 별반 다르지 않았다. 그렇다고 해서 미국 야구가 일본보다 덜 정교하다는 것은 아니다. 데이터를 분석하고 연구하는 것은 일본과 다를 바가 없다.

다만 미국의 경우는 어지간하면 선수에게 맡기는 야구를 하기 때문에 다르게 보일 뿐 단기전으로 들어가면 스타플레이어라 하더라도 감독의 지시를 따라야 한다.

일본의 야구가 팀의 승리에 마케팅을 집중한다면 미국은 개인 스타플레이어에 의존하는 경향이 강하다. 그래야 티셔츠를 더 많이 팔아먹을 수 있으니 어쩔 수 없는 것이다.

또 하나, 개성 강한 메이저리거들에게 시즌 내내 감독의 말을 듣게 한다는 것은 엄청나게 피곤한 일이다. 그게 되지도 않을뿐더러 감독에게도 힘든 일이다.

그래서 웬만한 것은 선수에게 맡긴다. 선수 역시도 자신의 몸값을 높이려고 시원한 야구를 하게 된다. 안타 몇 개 더 쳐봐야 팬들에게는 크게 어필이 되지 않기 때문이다.

삼열은 공을 가지고 실제로 던져 보니 기분이 좋았다. 그동안은 새도 피칭에 주력하느라 수건처럼 가벼운 것을 사용했다.

투구폼이 각인되어도 섀도 피칭은 매일같이 반복해야 한
다. 인간의 몸이란 하루라도 쉬어주면 그만큼 망각하게 되어
있다.

그런데 연습할 때마다 야구공을 가지고 실전처럼 던진다면
몸이 버틸 수 없다. 그래서 필요한 것이 섀도 피칭이다.

이상영은 투구폼을 몸에 익히기 전까지 전력투구하는 것은
절대 용납하지 않았다. 그렇게 하지 않으면 조금만 피곤하고
지쳐도 투구폼이 흐트러지고 부상당할 위험도 커지기 때문이
다.

간혹 베테랑 투수들이 중간에 투구폼을 고치는 이유는 대
부분 체력 저하에 있다.

젊을 때는 힘이 좋으니 강속구를 던지다가 나이가 들면 제
구력 위주의 피칭을 하게 된다. 이때 투구폼을 빠른 시간 안
에 몸에 익히지 않으면 시즌을 망치는 것은 일도 아니다.

"좋아, 잠시 쉬었다 하지."

"네."

삼열은 수건으로 땀을 닦으며 이상영이 앉아 있는 곳으로
왔다.

"투수는 누구보다 인내심이 많아야 해. 간혹 가다가 이상한
놈들 만나면 한 타석에 공을 열다섯 개 이상 던지는 경우도
있으니 말이야. 제대로 들어간 것은 커트하고 또 커트를 해서

투수로 하여금 실투를 던지도록 유도하지. 이런 경우는 상대 타자의 컨디션이 좋은 경우라고 할 수 있어. 자신이 칠 수 없는 공도 정확히 눈에 들어와서 그렇게 하는 거야."

삼열은 이상영의 말에 고개를 끄덕였다.

"그래서 투수에게 필요한 것이 강속구야. 강속구와 변화구를 섞어서 쓰면 그날 아무리 타자의 컨디션이 좋아도 투수를 이길 수 없어. 동체 시력과 반응 속도가 공을 따라올 수 없게 되거든. 그래서 투수에게 중요한 것이 다양한 구질이다. 직구 같은데 타자 앞에서 옆으로 휘어져 나가는 슬라이더, 마찬가지로 타자 앞에서 뚝 떨어지는 포크 볼 등은 모두 타자 앞에서 변해야 해. 그러니 투수는 속임수에 능해야 하고 상대의 패를 잘 읽어야 하지."

삼열은 이상영의 말을 들으며 마운드에서 선수들과 대결하는 것을 상상했다. 과연 그의 말대로 해야 스타가 될 수 있을 것 같았다.

"그런 면에 있어서 야구 선수들은 운동만 해서는 안 돼. 문학, 음악, 교양 등 다양한 방면에 어느 정도의 지식을 가지고 있어야 해. 그래야 수 싸움에 유리해져. 무식한 놈은 단순하거든. 물론 기본적으로 타석에 들어선 타자를 포수가 파악하여 던질 공의 구질을 요구하지. 하지만 그렇다 하더라도 투수가 상대 타자의 특징을 알고 던지는 것하고는 차이가 많이

나. 그러니 네가 만약 야구 선수가 된다면 상대 타자의 연구를 게을리 하면 안 된다."

"네, 명심하겠습니다."

"하, 어떻게 너 같은 놈이 나왔는지 신기하기만 하네. 아무튼 감독이 시켜도 무리하지는 마라. 실력만 되면 내가 프로 구단에 직접 소개시켜 줄 수도 있어. 그렇게 되면 계약금이 적어질 수도 있지만 야구를 할 수 있다는 것엔 변함이 없지. 야구 선수가 야구를 할 수 있으면 되지, 계약금이나 연봉은 자존심일 뿐 그 외에는 의미가 없어. 물론 결혼하면 알게 모르게 마누라로부터 주입되는 잔소리의 영향은 있지만 말이다."

"네."

"자, 다시 한 번 해보자. 그리고 다음 주부터는 운동 스케줄도 다시 조정해 보자."

"네, 감사합니다."

삼열은 꼼꼼히 챙겨주는 이상영에게 다시 한 번 고맙다는 인사를 했다. 지금까지 그가 짜준 스케줄대로 연습해 왔고 그 덕분에 짧은 시간에 실력이 엄청나게 늘었다. 단순한 야구교실에서 누가 이렇게까지 해주겠는가. 삼열은 진심으로 이상영에게 고마움을 느꼈다.

연습을 끝내고 집으로 돌아오니 수화가 와 있다. 화사한 옷을 입고 있는 그녀의 모습은 천사가 따로 없었다.

"수화 씨, 오늘 너무 예뻐요."

"정말?"

"네, 눈이 부셔요."

"호호!"

삼열의 칭찬에 기분이 좋은지 수화가 활짝 웃었다.

"어제 늦게 들어오셨나 봐요?"

"어, 어… 그래."

"친척 집 다녀왔다고요?"

"어, 그, 그래."

삼열은 수화가 말을 더듬는 것이 수상해 보였다. 눈동자를
이리저리 굴리는 것을 보니 거짓말을 하는 것 같다.

"난 수화 씨가 나를 속이는 게 없었으면 좋겠어요."

"어, 없어. 정말이야!"

"그래요? 그러면 됐고요."

사실 어제 수화는 친척 집이 아니라 친구들의 등쌀에 밀려
홍대 클럽에 갔다. 갈 때는 마뜩잖았으나 놀다 보니 신이 났
다. 게다가 한동안 멈춘 남자들의 광란의 대시를 다시 받게
되자 기분이 한층 업되었다. 그래서 수화는 예정보다 더 오래
클럽에서 머물게 되었다.

"어제 야구 어떻게 됐어?"

"우리 팀이 졌어요."

"아이고, 이겼어야 하는데."

"이길 수 없는 팀이에요. 학교 안에 잔디구장까지 있는 학교였거든요. 우리 학교와는 레벨이 다른 팀이죠."

"그래도……."

수화가 입을 뾰족하게 내밀고 귀여운 표정을 지었다. 이럴 때마다 삼열은 그녀가 마치 깜찍하고 예쁜 동생 같았다.

수화는 한동안 재잘거리며 삼열에게 아양을 떨기 시작했다. 삼열은 연애에 관한 책을 많이 읽었어도 수화가 이럴 때는 정신을 차릴 수가 없었다. 달콤한 체향과 귀엽고 사랑스러운 표정을 한 예쁜 여자가 바로 곁에 있는데 이론이 무슨 소용 있겠는가.

삼열의 눈빛이 끈끈하게 변하였다. 그 모습에 수화가 깜짝 놀라며 뒤로 한 걸음 물러났다.

"왜, 왜에?"

"수화 씨가 너무나 예뻐서요."

"예쁘다고 그렇게 바라봐?"

"그래서, 수화 씨는 원하지 않아요?"

"그, 그, 그건 아냐. 하지만… 그 표정은 좀 징그러워."

"내 표정이 어디가 어때서요? 나는 수화가 좋습니다람쥐~"

"헐!"

수화는 그의 썰렁한 개그에 멍해 있다가 입안 가득 들어온 그의 입술을 받아들이곤 눈을 감았다.

"하아~!"

수화는 삼열의 허리에 매달렸다. 삼열의 튼튼하고 강한 어깨가 그녀를 사로잡았다.

수화는 나지막하게 한숨을 내쉬었다. 삼열은 수화와 함께 있으면 야수와 같은 남자가 되곤 했다.

"우리 어떻게 해?"

"뭐가요?"

"이렇게 맨날 좋아서 붙어 있기나 하고."

"뭐 어때요. 난 좋기만 한데요."

"나도 그렇긴 하지만 추억을 만들기에는 너무 시간이 없고, 좀 거리를 두고 만나기에는 우리 서로 너무 좋아하잖아."

"그렇긴 해요."

"아~! 너를 사랑해. 온 마음으로."

"저도요."

삼열이 수화를 향해 다시 손을 뻗었다. 그때 마침 틀어놓은 운명 교향곡보다 더 크고 아름다운 소리가 둘 사이에서 튀어나왔다.

학교에 가니 하루 사이에 삼열의 위상이 달라져 있었다.

아직 야구부원들이 그를 전적으로 인정해 주는 분위기는 아니었지만 어차피 그들도 상위권 학교의 야구부를 만나면 똑같이 깨지는 수준인 것은 마찬가지였다. 삼열과 기존 선수들 간의 차이가 별로 느껴지지 않으니 이제는 그를 인정하지 않을 수 없던 것이다.

그리고 삼열의 성격도 많이 변해 왕따를 당할 정도는 아니었다.

삼열이 신이 나 운동장을 뛰고 있는데 유승대 감독이 와서 교장이 찾으니 빨리 교장실로 가라고 한다.

"나를 왜 찾지?"

저번에 수업 빼달라고 한 것 때문에 그런가 싶어 교장실로 들어갔다. 교장실에 가니 담임 장명곤이 와 있다.

"어, 거기 앉아."

교장 장팔봉이 삼열을 보며 말했다. 옆에 앉아 있는 장명곤은 그의 아들이다. 사립학교라 이렇게 낙하산으로 들어오는 선생이 꽤 있었다.

"어서 와라. 교장 선생님께 네 이야기를 했다."

"아, 네."

둘이 이야기하는 것을 지켜보던 장팔봉 교장이 이윽고 입을 열었다.

"삼열이 학생."

"네, 교장선생님."

"우선 축하한다. 이번에도 전국모의고사에서 1등을 하였더구나."

"아, 그렇군요."

담임이 전국 1등을 하면 수업을 빼주겠다는 여지를 남겼기에 정말 열심히 시험을 보았다.

"삼열이 학생, 먼저 나는 선생이긴 해도 교장 자리에 앉아 있으니 정치를 하는 사람이기도 하네. 무슨 말인지 알지? 즉 협상을 잘해야 이 자리에 오래 버틸 수 있다는 말일세."

"……?"

삼열은 장팔봉 교장이 너무나 솔직하게 나오니 이건 또 뭔가 싶었다. 삼열은 의아한 표정으로 교장을 바라보았다.

"그러니 삼열이 학생은 나와 협상할 준비가 되어 있나?"

"네, 물론이죠."

삼열은 즉각 대답했다. 머리가 좋으니 교장이 무슨 이야기를 하려는지 짐작이 된 것이다.

"오전 수업만 듣고 야구 연습을 하러 가는 것도 사실 다른 학교에서는 잘 허락을 안 해주고 있지. 우리 학교는 다른 학교와 달리 시설이 변변하지 못하니 교장의 재량으로 여태까지 빼주고 있는 것이고. 인근의 학교도 방과 후에 훈련하거나 5교시까지 듣게 하고 있어. 이런 상황에서 자네를 수업에서 완전히 빼주려면 학적부를 조작해야 한다는 말이야. 이게 무슨 말이냐 하면, 수업에 자네가 빠졌어도 수업을 들었다고 체크해야 한단 소리야. 이게 간단한 것 같지만 걸리면 해당자는 옷을 벗어야 하지."

"······?"

삼열은 무슨 의도로 교장이 이렇게 장황하게 이야기를 하는지 알 수가 없었다. 된다는 것인지, 아니면 안 된다는 것인지 매우 애매모호하였다.

"그래서… 나는 자네를 믿고 모험을 한번 해보기로 했네. 어떤가, 자네도 모험할 생각이 있나?"

"…네?"

"그렇지. 그렇게 나와야지."

장팔봉 교장은 삼열이 동의한 것으로 여겼다.

"사립학교 교장이다 보니 이런저런 보이지 않는 일이 많아. 내가 선생들을 설득할 터이니 삼열 학생도 작은 부탁 하나만 들어주게."

"그게 무슨······?"

"서울대로 진학해 주게. 입학금은 재단에서 장학금 형식으로 지급하겠네. 가능하면 수석 입학이면 좋겠고. 선생으로서 부끄러운 부탁이지만, 사실 자네의 성적이 너무 아까워서 말이지. 한 학기를 다니고 다른 학교로 편입해도 괜찮네. 서울대 출신이 간다면 어지간한 학교는 다 받아줄 것이야. 한국에서 서울대에 입학했다고 하면 졸업을 하지 않아도 일단 인정해 주니 자네에게도 나쁘지는 않을 거야. 더러운 야합이라고 욕할지도 모르겠군. 그러나 부끄럽지만 내 처지가 좀 그래. 자네의 성적이 너무 아까워서 그런 거니 이해해 줬으면 해."

너무 적나라하게 대놓고 말하니 꼰대가 미친 거 아니냐고 욕할 수도 없었다. 듣고 보니 걸리면 교장에게도 문제가 될 것 같긴 했다. 그리고 교장의 말에는 어폐가 있었다. 타 대학으로 편입이 가능하긴 해도 기본적으로 2년은 다녀야 한다.

"그렇게 하겠습니다."

하지만 삼열은 두말없이 승낙했다. 어려운 일도 아니다. 사실 수화가 명문대를 다녀 자신도 내심 서울대에 갈 생각을 어느 정도는 하고 있었다. 다만 야구가 걸리긴 했는데, 그것은 한 학기 정도 다니다가 자퇴를 해도 될 것 같았다. 어차피 삼열은 대학야구엔 관심이 없었으니까.

"고맙네, 삼열이 학생."

"잘 생각했어."

장팔봉 교장과 장명곤 담임이 일제히 삼열을 칭찬했다.

"하하하, 삼열 학생, 그럼 나가보게. 필요한 내용은 여기 우리 유능한 장명곤 선생하고 상의하고."

"네."

삼열은 교장이 자신의 아들을 유능한 선생이라고 칭찬하는 모습에 절로 코웃음이 나왔다. 눈 가리고 아웅이다.

사실 장팔봉 교장에 대한 학생들의 이미지는 좋은 편이었다. 다른 교장이었다면 문제만 일으키는 야구부를 끌고 갈 리가 없었다. 그런데도 그는 가능한 한 지원하려고 많은 노력을 해왔다. 그는 인간적인 면도 있었고 정치적인 면도 많은 인물이었다.

삼열이 나가자 장팔봉이 아들을 보고 웃으며 말했다.

"자, 내 말대로 되었지?"

"그러네요, 아버지."

장팔봉은 주머니에서 돈을 꺼내 아들에게 주었다.

"제가 선생들 밥 사라고요?"

"그럼 내가 하리?"

"아버지는 위험한 것은 다 아들 시키고 너무 몸 사리는 것 아녀요?"

"야, 후레자식아. 네가 잘리는 것하고 내가 잘리는 것하고 받는 연금이 다른데, 말이 되는 소리를 해라. 네놈이야 젊으니 다른 데 가서 선생질을 또 할 수 있지만 나는 못 하잖냐. 그리고 네놈이 담임이고."

"그럼 돈 좀 더 줘요. 저도 좀 즐기게요."

"이런 썩을 놈, 제자를 위해서 하는 일인데 즐긴다는 게 말이 되냐?"

"무슨 일이든 즐기면서 하면 더 좋은 거죠."

"끙, 아껴서 놀아. 요즘은 판공비 쓰는 것도 부담스러운데…
에이, 말 안 나오게 해. 너무 강압적으로 하지는 말고."

"알았어요. 아버지는 나를 너무 못 믿더라."

"못 믿긴, 자식아. 내가 아까 삼열이 앞에서 유능한 선생이
라고 칭찬해 주는 것 못 들었냐?"

"쩝, 저 수업 들어가 봐야 해요. 잘할 테니 걱정하지 마세
요. 어차피 다른 선생들도 그놈이 앉아 있으면 신경 쓰인다고
하더군요. 하긴 지들보다 실력이 좋은 학생이 있으면 껄끄럽
죠. 걱정하지 마세요. 모두 잘될 거예요."

"그래, 잘해라. 이참에 우리 학교도 그놈의 똥통 소리에서
좀 벗어나 보자. 마침 저 괴물 같은 놈이 있으니 얼마나 좋
냐? 야구만 안 하면 서울대 수석 입학은 물론 하버드 입학도
가능한데. 하여튼 머리 좋은 놈들의 뻘짓은 이해할 수가 없다
니까."

"아버지도 머리 좋으시잖아요."

"크험, 나보다 더 좋은 놈들 말하는 거다."

장명곤이 나가자 장팔봉이 빙그레 웃었다. 그리고 한소리
했다.

"에이, 서울대만 최고로 쳐주는 더러운 세상."

그는 민족 고대를 나왔다. 마음속으로는 고대를 가라고 말하고 싶었다. 하지만 세상이 인정을 안 해준다. 전국 1등에게 고대를 가라고 말할 수도 없지 않은가. 야구에 미쳐서 날뛰는 놈을 대학에 보내려니 이리저리 머리를 써야 했다.

*　　　　*　　　　*

삼열은 교장실을 나와 다시 운동장을 뛰었다. 교장의 말이 생각나 피식 웃었다. 꼰대치고는 귀여운 편이다. 원래 삼열은 교장을 좋게 보는 편이었다. 교장이 학생들을 위해서 많이 노력하고 있다는 것을 알고 있기 때문이다. 그것을 다른 학생들도 어느 정도는 알고 있었다. 속물이긴 하지만 교장은 학생 편이었다.

삼열은 한동안 운동장을 돌았다. 육체가 강해진 다음에는 고통이 몸을 지배할수록 좋았다. 몸이 아주 조금이라도 발전하기 때문이다.

치열하게 자신의 삶과 투쟁하는 삼열의 모습에 일부 학생은 감동했지만 그것이 싫은 사람도 있었다.

야구부의 문제아 조영록은 별명이 불도그다. 그냥 머리 좋고 잘생긴 놈은 무조건 싫어하는 삐뚤어진 성격이었다. 성격이 불같지만 그런 사람이 그러하듯 뒤끝은 없는 편이다.

조영록은 침을 운동장에 뱉고는 인상을 쓰며 말했다.

"시발, 저 새끼, 오늘 내가 담가야겠어."

"관둬. 너 얘기 못 들었어? 전에 저 녀석 건드린 선배들이 다 정학 맞고 한동안 죽어지낸 것 말이야. 선생들이 퇴학시켜야 한다는 것을 교장이 정학으로 낮췄다는 말이 있어. 게다가 학년은 같지만 선배야."

"그게 언제 이야기인데? 나한텐 해당 사항 없어."

조영록은 건들거리며 러닝을 마치고 쉬고 있는 삼열에게 다가갔다.

"야, 니가 운동장 전세 냈냐?"

"뭐?"

"시발 새끼야, 적당히 좀 해라. 네놈이 지랄하니 감독이 자꾸 우리를 갈구는 거 아냐."

"꺼져."

"뭐? 이 새끼가 돌았나? 뭐, 꺼져? 이게 내가 누군 줄 알고. 이 새끼, 오늘 너 죽고 나 죽자."

조영록은 삼열을 죽일 듯이 노려보더니 주먹을 휘둘렀다. 역시 노는 놈의 주먹맛은 아팠다. 지치고 힘이 하나도 없는 삼열이 피할 수 있는 주먹이 아니었다. 삼열은 흠씬 두들겨 맞고 겨우 일어났다.

"다 쳤냐?"

"그래, 시발 놈아. 다음부턴 조심해."

조영록이 몸을 돌려 가려는데 뒤에 대고 삼열이 소리쳤다.

"개자식! 지쳐서 힘 하나 없는 놈 패면서 비겁한 줄은 모르고, 병신같이 어깨에 힘주는 꼬락서니 하고는! 게다가 선빵까지 날리다니 상병신이군."

"뭐야, 이 자식아?"

삼열은 느릿느릿 조영록에게 다가갔다. 마치 좀비가 움직이는 것 같은 모습이다.

그러다가 삼열은 번개처럼 움직여 조영록의 허리를 잡고 넘어뜨렸다. 그리고 죽일 듯이 놈의 얼굴을 가격하기 시작했다.

"악!"

방심하고 있던 조영록의 얼굴이 순식간에 피투성이가 되었다.

삼열이 느리게 움직인 것은 짧은 시간이나마 체력을 회복하기 위해서였다.

하루 종일 산을 뛰어다니던 그다. 비록 운동장을 최고의 속도로 달렸다 하더라도 깡으로 덤비면 못할 것도 없다.

날마다 육체가 깨어지는 듯한 고통을 참아내던 삼열에게 이 정도의 고통은 아무것도 아니었다.

"악, 사람 살려!"

조영록은 피를 철철 흘리면서 비명을 질렀으나 삼열은 주먹질하는 것을 멈추지 않았다. 마치 피의 광기에 취해 버린 듯 보였다. 조영록은 어떻게 하든 맞지 않으려고 몸을 틀어 피해도 보고 밀어도 보았지만 꿈쩍도 하지 않았다. 예상보다 삼열의 몸이 단단하고 힘이 강했기 때문이다.

주위에서 지켜보던 야구부원들이 이러다가는 사람 하나 잡을 것 같아 삼열을 강제로 끌어내렸다.

얼굴이 엉망이 된 조영록은 친구의 등에 업혀 양호실로 실려 갔다. 야구부원들은 삼열에게 아무 말도 하지 못했다. 분위기가 싸했다.

삼열이 주위를 돌아보며 섬뜩한 어조로 말했다.

"또 나한테 불만 있는 놈 있어?"

삼열의 눈빛을 받은 학생들은 고개를 다른 데로 돌리거나 땅바닥을 바라보았다.

무섭도록 섬뜩한 눈빛. 아마 살인자의 눈빛이 저러하리라. 생각만 해도 몸이 부르르 떨리는 그런 무서운 눈이었다. 감히 불만이 있을 리가 없었다.

다음 날 삼열은 등교하여 조례만 하고 운동장에 나와 천천히 돌았다.

점심을 먹고 운동장에 나가 있으니 야구부원들이 하나둘 나오기 시작했다. 조영록도 얼굴에 붕대를 감고 가장 마지막에 나타났다. 삼열을 바라보는 눈빛에는 증오와 두려움이 뒤섞여 있다. 그런 그에게 삼열은 번개처럼 뛰어가 선빵을 날렸다.

어제와는 완전히 반대이다. 휘청거리며 조영록의 몸이 뒤로 기우는 것을 낚아채서 다시 이마로 헤딩하였다.

삼열은 싸움을 할 줄 모른다. 그러니 어설프게 주먹질하는 것보다 근접해서 머리를 사용하면 상대방이 주먹을 제대로 날릴 수 없게 된다. 원래 싸움은 무식하게 하는 놈이 이기는 법이다.

"악!"

조영록이 다시 비명을 질렀다. 코에서 피가 흘러내렸다. 이번에는 어제의 일도 있고 해서 야구부원들이 재빨리 막았다.

일이 커지면 감독에게 죽어나는 것은 자신들이기 때문이다. 매일 아침부터 죽으라고 뛰는 놈에게 벌을 내린다 해도 그건 벌이 아니라 운동에 지나지 않은 것을 이제야 깨달은 것이다.

조영록은 다시 친구의 부축을 받으며 양호실로 갔다. 코가 퉁퉁 부은 것이 잘못하면 코뼈가 부러진 것일 수도 있었다.

삼열은 잠시 쉬고는 혼자 묵묵히 연습했다. 새도 피칭을 하며 자세를 바로잡았다.

다음 날 조영록은 등교하지 않았고, 그다음 날이 되어서야 학교에 나왔다.

이틀을 쉬고 나타난 조영록의 얼굴은 핼쑥해져 있었다. 그가 나타나자마자 삼열은 또다시 번개처럼 덤벼들었다.

이번에는 조영록이 재빨리 피하며 뒤로 물러섰다. 반격할 엄두는 아예 내지도 못했다. 그는 늑대 앞의 토끼처럼 떨기만 했다.

싸움 실력이라면 물론 조영록이 앞서지만 투지는 당연히 삼열이 강했다. 아니, 투지라기보다 그것은 광기에 가까웠다.

뒤로 피하는 조영록보다 삼열의 움직임이 더 빨랐다. 그는 곧 삼열의 손에 잡히고 말았다.

빡 하고 수박 깨지는 것 같은 소리가 들리더니 조영록이 쓰러지며 울었다.

"미안해. 용서해 줘."

다시 머리를 날려 공격하려던 삼열은 우뚝 멈췄다. 그리고 주위를 둘러보았다.

"들었냐?"

야구부원들이 모두 고개를 끄덕이며 삼열의 말에 화답했다.

"어, 들었어."

"그래, 들었지."

삼열은 기괴한 웃음을 터트렸다. 그리고 갑자기 앞으로 나가 주위에 있는 야구부원을 노려보았다. 그러자 모두 그의 눈을 피했다.

"나한테 또 엉길 놈 있어?"

있을 리가 없다. 삼열은 광기에 미친놈 그 자체였으니까. 인정사정없었다. 아마 친구들이 말리지 않았다면 첫날 조영록은 완전히 아작 났을 것이다.

"그럼 이제 내가 야구부 짱이다. 이의 있는 사람?"

"그게……"

"네가 있다고?"

"아냐, 아냐. 이의는 없어."

이의를 제기하려던 학생이 삼열의 눈을 보자 뱀을 본 개구리처럼 놀라며 뒤로 물러났다.

"그럼 야구부 짱으로서 지금부터 너희의 정신 개조를 해주겠다. 내가 뛰면 너희도 뛴다. 내가 쉬면 너희도 쉰다."

"아니, 그건 좀……"

"뭐 문제 있나?"

"우린 너처럼 체력이 강하지 않아. 그렇게 뛰면 우린 다 죽고 말걸."

"안 죽어."

"……"

"오늘은 스무 바퀴를 뛴다. 마지막 한 바퀴는 전력 질주다.
알았어?"

"응."

"그럼 지금부터 뛴다."

"지금부터라……."

야구부원들이 놀라 후다닥 물러났다. 삼열은 그런 그들을
조금도 상관하지 않고 뛰기 시작했다. 다만 아주 조용한 소리
로 중얼거렸을 뿐이다.

"맨 나중에 오는 놈은 죽는다."

그 소리를 들은 아이들이 재빠르게 그를 따라 뛰기 시작했
다. 일부는 '뭐야, 저 새끼?' 하며 버티다가 마지못해 뒤를 따
랐다.

유승대 감독은 처음부터 이 모습을 지켜보고 있었다. 처음
일이 벌어졌을 때 그는 교장에게 불려가 자초지종을 다 들었
다.

삼열이 잘못한 것은 하나도 없었다. 자율 연습 시간에 운
동장을 뛴 것밖에 없다. 지쳐 쉬고 있는 그를 먼저 때린 것도
조영록이고, 예고도 없이 선빵을 날린 것도 그였다. 맞아도 쌌
다.

그다음 날도, 그리고 오늘도 그는 삼열이 하는 행동을 그냥
말없이 지켜보았다.

그가 아는 삼열은 아무 생각도 없이 행동할 아이가 아니었다. 지난번 경기에서 삼열이 보여준 인상 깊은 투구를 보고 그에 대한 생각을 고쳐먹은 지 오래였다.

그는 이 엉터리 야구부에 불을 지필 녀석이 드디어 나타났다는 것이 매우 기뻤다. 멀리 떨어져 있었음에도 불구하고 삼열이 내뿜은 투지를 온몸으로 느끼고는 자신도 모르게 부르르 떨기까지 했다.

'저놈이라면 뭔가 일을 터뜨리겠는걸.'

유승대는 빙긋 웃으며 야구부실로 들어갔다.

"잘 이용해 먹어주마. 고맙다, 삼열아."

삼열이 가볍게 뛰어도 야구부원들은 헉헉거리며 따라잡지를 못하였다. 스무 바퀴를 돌고 삼열은 호흡을 골랐다. 중간에 퍼진 학생에게는 삼열의 머리가 날아들었다.

팍!

"캑."

"뭐 이리 허약해? 내가 야구부원으로 들어올 때 감독님이 말씀하셨지. 너희 대학 가는 데 방해하지 말라고. 그리고 난 당당히 말씀드렸다. 내 실력으로 가겠다고."

"……?"

야구부원들은 이 미친 똥개가 무슨 지랄을 하는가 하면서 바닥에 널브러져 숨을 헐떡거렸다.

"그런데 난 교장선생님과 약속했거든. 서울대 가기로. 그러니 ×발 놈들아, 야구로 대학 가지 않는 나보다 더 열심히 뛰어야 하는 거 아냐?"

말을 얄밉게 해도 어쩜 저렇게까지 얄밉게 하는지 모르겠다는 표정으로 야구부원들이 그를 바라보았다.

"그래서 난 너희의 경쟁자 자리에서 빠진 거다. 그러니 열심히 하도록."

마치 경쟁자였으면 절대 말해주지 않을 비밀을 이야기한 것처럼 으스대었다. 뭔가 심오한 말을 한 것 같은데 듣고 보면 아무 말도 아니었다. 요약하면 까불지 말고 찌그러져 있으라는 말이다.

자유 연습 시간이 지나고 감독이 운동장으로 나와 부원들을 지도하였다. 원래 야구부나 축구부는 감독보다 선후배 관계나 주장의 역할이 중요했다.

감독은 그들을 통해 아이들을 컨트롤한다. 일일이 감독이 나서서 학생을 다루는 것보다 그게 더 효율적이기 때문이다.

유승대는 오늘 분위기도 그렇고 해서 일찍 야구부를 해산시켰다.

삼열은 집으로 돌아가려는 아이들을 모두 중국집으로 데려갔다. 운동하고 난 뒤라 배가 고플 텐데도 야구부원들은 눈치를 보며 선뜻 주문을 못했다.

"난 자장면 곱빼기. 너희는?"

"나도 자장면 곱빼기."

"난 짬뽕 곱빼기."

"저, 난… 볶음밥 먹으면 안 돼요?"

"먹어."

"고마워요, 형."

강태식이 형이라고 하자 삼열은 피식 웃었다. 아이들은 대부분 자장면이나 짬뽕을 시켰고 삼열은 탕수육을 시켰다.

아동심리학 책에서 본 바로는 체벌 끝에 꼭 자녀를 안아주라고 했다. 그걸 삼열은 이렇게 이용했다. 폭력의 끝은 자장면이었다.

물론 오늘 얻어터진 조영록도 탕수육을 입안 가득 넣고 웃고 있다. 그는 오늘 자기 때문에 삼열이 자장면을 산다는 것을 알고 있다. 아까 오면서 삼열이 미리 그에게 자장면 사준다고 말했었다.

삼열이 집에 돌아오니 늦은 저녁이다. 아이들과 자장면을 먹고 와서 늦은 것이다. 수화가 뚱한 표정으로 그를 노려보고 있다.

"아, 수화 씨."

"흥."

"오늘 학교에 일이 있었거든요. 저녁 안 먹었죠? 빨리 해줄게요.

"......."

삼열은 재빨리 샤워하고 난 뒤 고기를 굽고 반찬을 만들었다.

"먹어요."

"응."

삼열이 정신없이 바쁘게 움직이는 모습을 보고서는 그제야 화가 풀렸는지 수화가 대답했다.

저녁을 먹고 나서 삼열이 조심스럽게 말을 꺼냈다.

"그런데 수화 씨는 요리 못해요?"

"누, 누, 누가 요리를 못해? 나 아주 잘해."

"그래요? 그럼 언제 부탁해요."

"거, 걱정하지 마. 넌 내가 만든 요리를 먹으면 껌벅 갈걸."

"하하, 맞아요. 수화 씨는 얼굴이 예쁘니까. 원래 요리도 예쁜 여자가 잘한대요."

"그래?"

수화는 자신을 예쁘다고 하는 삼열의 말에 활짝 미소를 지었다.

"그럼 언제 한번 요리 부탁해요."

"알았어."

대답하는 수화의 목소리에 왠지 힘이 없다.

삼열의 아파트를 나오는 수화는 걱정이 태산이다. 요리를 잘하기는, 할 줄 아는 것은 라면 끓이는 것밖에 없다.

'아이, 어떻게 해. 요리 잘한다고 거짓말을 했으니 삼열이가 알면 얼마나 실망하겠어. 요리학원이라도 다녀야 하나?'

수화는 자신의 방으로 들어가 깊은 한숨을 내쉬었다.

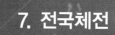

7. 전국체전

"어떻게든 해봐야 해."

수화는 발을 동동거리며 방 안을 돌아다녔다.

"뭔가 방법이 있을 거야."

수화는 괜히 잘난 척한 것을 후회하면서도 재빠르게 방법을 모색했다.

일단 요리 블로그에 들어가 눈팅도 하고 요리책도 사서 보았다. 그러나 요리라는 것이 하루아침에 능숙해지는 것이 아니다.

시간이 지날수록 초조했지만 그녀는 결코 삼열 앞에서 티를 내지 않았다. 오히려 더욱 도도하게 나갔다.

"엄마, 볶음밥 어떻게 해?"

"갑자기 볶음밥은 뭐 하려고?"

"맨날 엄마가 해주는 것만 얌체처럼 얻어먹으면 어떻게 요리 실력이 늘겠어?"

"웬일이니? 예전에는 하라고 해도 안 하더니. 해가 서쪽에서 뜨겠구나."

"엄마는, 딸이 잘해보려고 하면 격려를 해줘야지."

"누가 뭐래니. 갑자기 안 하던 짓을 하니까 그러는 거지."

장미화는 딸을 수상한 눈초리로 바라보았다.

'저것이 뭔가가 있어. 남자에게 도도하게 굴 줄 알았더니 헛똑똑이야. 나를 닮았어야 하는데 겉만 여우고 속은 곰이야. 망했다, 망했어. 딸 농사를 망쳤어.'

장미화는 딸을 보며 한숨을 내쉬었다. 그러면서도 그녀는 주섬주섬 요리 기구를 꺼내놓고 딸이 원하는 것을 차분하게 가르쳐 주기 시작했다.

딸의 말이 아주 틀린 것은 아니다. 결혼하고 아내의 얼굴이 예쁘면 3년, 요리 잘하면 30년 간다고 하지 않던가.

그리고 남자는 나이가 들면 들수록 먹는 것을 좋아하게 되기에 요리 솜씨가 좋은 여자는 언제든지 큰소리치고 살 수 있다.

그것을 알고 있기에 그녀는 고개를 절레절레 흔들면서도 자상하게 가르쳐 주었다.

고작 볶음밥 하나 만드는 데 시간이 왜 그렇게 걸리는지 수화는 미치는 줄 알았다.

가장 근본적인 문제는 수화가 칼질을 못한다는 것이었다. 볶음밥을 만들 때 들어가는 야채나 고기를 제대로 자르지를 못하니 제대로 된 요리가 나올 턱이 없었다.

수화가 요리를 배우느라고 동분서주할 때 삼열은 미소를 지으며 내일 아이들을 어떻게 골탕 먹일까 생각하고 있었다.

일단 패준 뒤 먹였으니 문제가 생길 일은 없을 것 같았다. 그리고 어지간한 문제는 장팔봉 교장이 알아서 막아줄 것이다. 그는 서울대 수석을 놓칠 만큼 순진한 사람이 아니니까.

"음하하, 기다려라! 그동안 당한 것을 다 갚아주마!"

이전에야 육체가 따라주지 않으니 무시당하고 조롱을 받아도 참을 수밖에 없었다. 그가 할 수 있는 것이라고는 반대로 그놈들을 왕따시키는 것이었다.

그러나 지금은 육체의 능력이 엄청나게 강해졌다. 루게릭병은 노력한다고 좋아지는 병이 아니지만 미카엘이 준 신성석 덕분에 그것이 가능했다. 몸 안에 들어온 고급문화의 산실을 생각하며 삼열은 환하게 웃었다.

오늘도 삼열은 아침부터 미치도록 뛰었다. 이제는 덤빌 놈이 없으니 어제처럼 힘을 아낄 이유가 없었다.

점심시간이 지나고 야구부원이 모였는데도 삼열은 아무 말 없이 뛰기만 했다. 그러자 눈치 빠른 학생들이 재빨리 따라 뛰었다. 다른 학생들도 덩달아 뛰기 시작했다.

오늘도 스무 바퀴를 뛰고 야구부원은 뻗어버렸다. 마지막에 피치를 올렸기 때문이다. 역시나 마지막에 들어온 놈은 삼열의 헤딩을 받고 쓰러져 얼굴을 부여잡았다.

그는 고통으로 삼열을 노려보다가 그와 눈을 마주치자 황급히 얼굴을 돌렸다. 그것은 야수의 눈이었다. 개기면 잡아먹힐 것 같았다.

삼열의 눈에는 단순히 광기만 깃든 것이 아니었다. 어린 나이에 겪은 끝없는 절망과 그것을 이기기 위해 날마다 육체의 고통을 이겨낸 노련함도 있었다.

그가 산에서 훈련하다가 죽다 살아난 것만 두 번이다. 그러니 얌전하게 고등학교에서 야구만 하던 아이들은 그가 뿜어내는 기세를 당해낼 수 없었다.

야구부 주장조차 삼열의 말에는 꼼짝을 못했다. 주장 김오삼은 일단 같은 학년인 삼열의 엄청난 학업 성적에 경이감을 느끼고 있는 상태였다.

그는 선생들이 삼열이 이번 시험에서도 전국 1등을 했다는 말을 주고받는 것을 듣고 알고 있었다. 그러니 삼열이 하는 일에는 어지간하면 참여하고 싶지 않았다.

게다가 그가 보여준 그 엄청난 폭력성과 광기에 완전 주눅이 들고 말았다. 그래서 김오삼은 그냥 가만히 있었다. 거기다 감독도 뭐라 하지 않기에 나설 수가 없었다.

삼열이 투구를 계속해도 여전히 볼 스피드가 잘 나오지 않는 것을 이상히 여긴 유승대 감독은 그를 눈여겨보았다. 그리고 유난히 삼열이 투구 동작에 신경을 많이 쓴다는 것을 알아차리고는 미소를 지었다.

그제야 그도 알아차린 것이다. 투구폼을 익히는 데는 시간이 아주 많이 걸린다는 것을.

그는 자신의 머리를 손으로 쳤다. 자신이 너무나 미련했다는 것을 비로소 알아차린 것이다.

삼열은 이제 야구를 처음 배우는 학생이다. 그러니 제대로 투구를 할 수 있다는 것이 말이 안 되었다. 워낙 괴물 같은 별종이라 깜박 잊고 있었다. 그가 처음 야구를 하고 있다는 것을.

하지만 기대가 되는 부분도 있었다. 삼열의 체격은 야구를 하기에 아주 이상적인 신체였다. 큰 키에 긴 팔, 튼튼한 허벅지, 그리고 유연한 허리는 더 말할 필요가 없었다.

문제는 구속이 얼마까지 나와 주느냐 하는 것이다. 적어도

120㎞/h 후반 대나 130㎞/h만 넘어도 괜찮을 것으로 생각되었다.

유승대 감독은 큰 기대를 하고 삼열을 지켜보았다. 영리한 놈이니 문제는 일으키지 않을 것이다. 게다가 이놈이 얼마나 영악한지, 어제 아이들을 패고 밥을 사 먹이니 불평을 터뜨리는 놈이 한 명도 없었다.

"좋아, 이제 해볼 만하겠군."

그는 곧 있을 전국체육대회에서는 삼열을 써먹지 못해도 내년에는 주력 투수가 될 수 있을 것으로 생각했다.

'한두 이닝은 던지게 해도 될지 모르지. 그런데 직구밖에 못 던지는데 가능할지 모르겠네.'

시간이 지날수록 야구부의 분위기는 좋아졌다. 일단 깡패 같은 놈이 하나 있으니 사고를 치거나 연습을 어영부영하는 선수들이 없어졌다.

삼열이 워낙 진지하게 연습하니 그를 따라 하는 아이가 점차 많아졌다. 하지만 운동이라는 것이 한순간 반짝한다고 잘할 수 있는 것이 아니다. 대광고등학교의 한계는 학생들 자체에 있었다.

삼열은 여전히 일요일에는 야구교실에서 이상영에게 지도를 받았다. 한때 한국 최고의 투수이던 그의 지도는 삼열의 실력을 엄청나게 빨리 늘게 했다. 그가 수십 년간의 선수 생활을 통해 얻은 지식을 조금도 아끼지 않고 삼열에게 가르쳐 준 탓이다.

"자, 이제 투심 패스트볼을 집중적으로 익혀봐. 아마 포심과 투심만 섞어서 던져도 어지간한 놈들은 제대로 치지 못할 거야. 하지만 안심할 수 없지. 그래서 변화구도 하나 정도는 익혀둬야 해. 투수는 무엇보다도 확실한 주력 무기가 있어야 해. 그래야 몰릴 때 한 방에 정리해 줄 수 있으니까."

이상영이 삼열을 보며 말했다.

삼열이 얼마나 열심히 노력하는지 이제 누가 봐도 직구는 흠잡을 데 없을 만큼 잘 던졌다. 구속도 조금씩 오르는 중이다. 겨우 90km/h를 찍던 것이 이제는 110km/h는 나온다.

구속은 힘이 있다고 빨라지는 것이 아니다. 한두 번이야 좋은 구속이 나올 수 있지만 힘으로 던지는 공은 난타당하기 쉽고, 무엇보다 어깨가 망가질 수 있었다. 그래서 한꺼번에 구속을 올리는 것은 좋지 않았다. 지금처럼 아주 조금씩 올려야 몸에 무리가 없다.

투심은 그립만 예전부터 연습했지 직접 던져 본 적이 없었다. 손끝에 걸리는 미묘한 실밥을 잡아채는 것으로 투심은 변화한다. 그래서 타자 앞에서 변화하는 다양한 공이 필요하다.

포심 패스트볼은 강력한 빠르기가 있지만 제구력을 갖추기가 쉽지 않다. 그러나 투심 패스트볼은 포심 패스트볼보다 구속이 4~7㎞/h 정도 떨어지지만 좌우에서 휘어져 들어오기에 쳐도 땅볼이 될 확률이 높은 공이다. 싱커에 비해 위아래로 변하는 것은 작지만 좌우로 움직임이 심하다.

메이저리그에서 투심을 잘 던지는 선수는 그렉 매덕스다. 매덕스의 투심은 구속은 빠르지 않지만 무브먼트와 제구가 워낙 좋아서 쳐도 대부분 내야 땅볼로 끝난다. 타자를 맞춰 잡기에는 투심만 한 것이 없다.

공의 실밥이 손끝에 걸리면 몸이 긴장되면서 은근히 기분이 좋아진다. 투수는 손가락 힘과 손목의 힘이 중요하기 때문에 삼열은 계속 완력기와 아령으로 손목의 힘을 기르고 있었다.

투수가 자주 부상을 당하는 것은 어깨 근육 자체가 약하기 때문이다. 그래서 투수는 끊임없이 어깨를 강화해 주는 운동을 해야 한다.

전국체전이 일주일 앞으로 다가오자 야구부는 분주해지기 시작했다. 우승을 해도 별로 영광스럽지 않은 대회지만, 대광고로서는 자주 경기를 할 수 없기에 한 번의 게임도 아쉬웠다.

야구부에서 연습하고 오니 오늘도 수화가 집에서 기다리고 있었다. 최근에는 집에 자주 오지 않았고, 삼열도 훈련 때문에 그녀를 신경 쓸 겨를이 없었다.

"이제 와?"

"네."

"저녁 해줄게."

"정말요?"

삼열이 걱정스러운 얼굴로 수화를 바라보았다. 그러나 수화는 아주 자신만만한 표정을 지었다. 삼열은 그게 더 무서웠다.

성성한 버섯과 당근 등 볶음밥에 들어갈 재료가 모두 준비되어 있다. 수화는 그것들을 약한 불에 살짝 데치면서 익히고 미리 해놓은 밥과 섞어 제법 먹음직스런 볶음밥을 만들어냈다.

"와, 멋져요."

"그래? 그럼 어서 먹어봐."

"네."

한입 먹은 삼열의 얼굴이 저절로 구겨졌다.

"왜? 맛이 이상해?"

"수화 씨도 한번 먹어보세요."

자신 있게 한 숟갈 떠 넣은 수화의 얼굴도 순간 굳어졌다. 볶음밥에 소금을 안 넣은 것이다. 그래서 밥을 먹기가 힘들 정도로 싱거웠다.

"뭐, 뭐, 이 정도면 괜찮네. 짜게 먹으면 건강에 안 좋잖아."

"그럼 수화 씨는 많이 드세요."

삼열은 볶음밥과 함께 반찬을 집어 먹었다. 수화도 삼열의 눈치를 보며 김치를 먹었다.

밥을 먹고 커피까지 마신 후 돌연 수화가 집으로 간다고 했다. 오랜만에 진하게 한판 하려다가 삼열은 일격을 당한 셈이다.

"수화 씨, 벌써 가게요?"

"흥."

수화의 표정에서 왠지 차가운 바람이 일었다. 삼열은 수화가 왜 그러는지 알 수 없었다.

삼열은 원래 요리를 잘한다. 오랫동안 혼자 살다 보니 어지간한 요리는 다 할 줄 알았다.

게다가 삼열은 먹는 것을 좋아했다. 귀찮아서 햄이나 소시지 종류를 많이 먹어도 일주일에 한 번쯤 매운 음식을 먹었다. 매운 음식을 먹어주면 기분이 좋아졌다.

삼열은 단지 수화도 그런 자기를 알아줬으면 했을 뿐이다. 그런데 왜 삐친 것일까?

수화는 삼열의 아파트를 나오면서 입을 앙다물었다.

"두고 봐. 나를 요리의 여신님이라고 부르며 무릎을 꿇게 하고야 말겠어."

수화는 생각할수록 기분이 나빴다. 요리하다가 소금을 못 넣을 수도 있지, 남자가 그런 걸 가지고 그렇게 속 좁게 나오다니. 역시 어린 애인을 사귀다 보면 이런 애로 사항이 있다.

'흥! 여신님 하고 부르짖을 때까지 하지 않을 거야!'

하지만 그와 하지 않는다는 생각을 하자 왠지 자신이 없어졌다. 자신도 그와 하는 것이 너무나 좋았기 때문이다.

'안 돼. 여기서 지면 평생 잡혀 살지도 몰라.'

수화는 이를 악물고 거울을 노려보았다. 거기에는 예쁜 소녀가 심술이 덕지덕지 붙은 얼굴로 자신을 바라보고 있다.

삼열은 이상영의 지도에 만족했다. 그는 기초를 강조하면서 서두르지 말라고 했다. 삼열은 자신이 다른 선수들보다 엄청나게 늦게 시작한 만큼 조급해질 수 있다는 것을 누구보다도 잘 알고 있었다. 그래서 느긋하게 훈련에 임할 생각이다.

그렉 매덕스는 다른 야구 선수보다 체구가 왜소했다. 전직 스카우터인 랄프 메더는 있는 힘껏 공을 던지는 매덕스에게 왜소한 체격으로 강한 공을 던지려고만 하면 타자를 제압할 수 없다는 것을 가르쳐 주었다.

그는 힘을 빼고 공을 정확한 위치에 집어넣는 훈련을 시키고 또 시켰다.

매덕스가 던지는 공은 포심 패스트볼, 투심 패스트볼, 컷 패스트볼, 슬라이드, 스프린터, 싱커, 서클 체인지업, 커브, 여덟 종류다. 그가 마운드에서 80개의 공을 던지면 그 모두가 각기 다른 종류의 공을 던진다는 말이 있을 정도로 그는 다양한 구질을 가지고 있었다.

강속구를 일부러 많이 던질 필요는 없다. 그것은 효과적인 투구가 아니다.

인생이란 원래 약게 살아야 한다. 강속구를 마구 뿌리면서 10년 할 야구를 살살 던져 30년 해먹는 게 낫다는 말이다.

비록 평범한 사람보다, 아니, 같은 야구 선수들보다 몸은 더 좋지만 그의 병은 다 나은 것이 아니다. 그래서 삼열은 약게 야구를 할 필요를 누구보다 강하게 느끼고 있었다.

이상영이 가르친 것은 불같은 강속구가 아니었다. 그도 현역 시절 강속구를 던졌지만, 나이가 들면서 더 이상 공을 세게 던질 수 없게 된다는 것을 알았다.

그러니 어깨를 보호하고 약은 야구를 하면 좀 더 나이가 들어서도 강속구를 뿌릴 수 있을 것으로 생각했기에 삼열에게도 그렇게 가르쳤다.

끝없이 연습에 연습을 거듭해도 삼열은 절대 지루하지 않았다.

이상영을 만난 것은 삼열의 인생에서 가장 큰 축복이자 행운이었다. 야구를 수십 년간 한 그가 가르쳐 주는 것은 모두 금과옥조와 같은 것이었다.

특히나 투구폼에 어려움을 느끼던 삼열에게 가장 알맞은 투구폼을 가르쳐 준 것도 그였다.

랜디 존슨은 8연패를 당하고 나서 같은 팀에 있던 놀란 라이언에게 불규칙한 투구폼을 교정받기 전까지는 마이너리그에서 한 경기에 열 개의 삼진을 잡아내고 다음 경기에 열 개의 볼넷을 허용하기도 했다.

그만큼 투구폼을 잡기가 어려운 것이다.

이런 이유로 이상영은 삼열에게 미친 듯이 투구 연습을 시켰다. 전력투구를 하지 않고 던지고 또 던지는 것이다.

투수가 공을 잘 던지려면 손가락의 악력이 좋아야 한다.

즉 손가락으로 야구공의 실밥을 잘 잡아채야 한다. 이것을 잘해야 공의 무브먼트가 살고 그 악력의 힘에 의해 타자 앞에서 공의 회전력이 변한다.

그렉 매덕스가 땅볼이 많은 것은 다양한 구질을 던지기 때문이기도 했지만 그만큼 그가 투심 패스트볼을 잘 던져서다. 강속구가 없기에 그가 던진 투심은 오히려 빠른 변화구(Fast-breaking ball)에 가까웠다. 초반 그가 던진 구질의 대부분은 투심 패스트볼이었다. 그것만으로도 그는 무적에 가까운 투구를 했다.

삼열은 자신의 방에 붙어 있는 그렉 매덕스와 랜디 존슨, 박찬호의 사진을 보면서 메이저리그에 대한 꿈을 키웠다.

*   *   *

삼열은 이번 전국체전에 참가하면서 정식으로 후보선수가 되었다는 말을 듣고 매우 기뻤다. 전국체전은 비록 명문의 고등학교 야구팀은 참석하지 않지만 처음 참여하는 경기라 삼열은 시합 전날 잠을 설쳤다.

삼열은 야구공을 손에서 돌리며 감각을 놓치지 않으려고 노력했다. 만약 기회가 닿는다면 그동안 갈고닦은 투심 패스트볼의 위력을 보여주리라고 결심했다.

투심 패스트볼의 위력은 땅볼을 많이 유도하는 데 있다. 박찬호가 텍사스에서 실패한 것은 그가 땅볼 투수가 아닌 플라이 볼 투수였기 때문이다.

맞으면 홈런이 되는 텍사스 알링턴 볼파크는 박찬호나 텍사스나 모두에게 잘못된 선택이었다. 알링턴 볼파크는 그렉 매덕스와 같이 맞춰 잡는 투수가 유리하고 힘으로 윽박지르는 강속구 투수에게는 맞지 않았다.

이상영이 삼열에게 투심을 연마하라는 이유가 이 때문이었다. 투심 패스트볼은 포심보다 덜 위력적이지만 무브먼트가 좋아 맞아도 장타가 나오기 힘들었다.

　대광고는 전국체전 개회식에 참석한 후에 경기가 없어 바로 숙소로 향했다. 학교의 예산이 별로 없는 관계로 한 방에 다섯 명씩 묵게 되었다.

　남자 다섯 명이 한 방에 있다 보니 답답했다. 움직이는 것이 힘들 정도로 공간이 좁았다. 그래서 삼열은 잠을 잘 때만 방을 사용하고 주로 밖에서 시간을 보냈다. 이 모두가 명문 야구단이 아니기에 겪는 설움이었다.

　삼열은 밖에 나와 러닝을 하며 마음을 다잡았다. 이번에 그가 경기에 나설 확률은 높지 않았다. 하지만 운이 좋으면 한두 경기에 참여할 수 있을지도 모른다.

　마침내 대광고의 첫 번째 경기가 시작되었다. 상대는 부영고다. 대광고와 비슷한 실력을 가진 학교로 잘하면 1승을 챙길 수도 있는 좋은 기회였다. 대광고 선수들은 시합 시작 두 시간 전에 미리 나와 몸을 풀었다. 상대 팀도 비슷한 시간에 나와 몸을 풀었다.

　양 팀의 감독이 자리에 있기에 선수끼리 서로를 도발하거나 하는 일은 없었다. 얌전하게 서로 운동장을 반으로 나눠 시합을 준비했다.

　시합 시간이 가까워져 오자 양 팀 투수들이 몸을 풀면서 긴장감이 높아갔다. 몸이 풀린 것을 확인하고 양 팀 감독은 서로 만나 가볍게 인사를 했다. 그리고 잠시 뒤 시합이 시작되었다.

상대 팀 선발투수는 박찬영이었다. 그는 변화구와 직구가 일품인 투수였다. 직구와 변화구의 구속이 너무나 달라 대광고의 타자들은 스윙 타이밍을 잡는 것을 어려워했다. 위력적인 공이라고는 느껴지지 않았지만 까다로운 투수였다. 게다가 포수의 리드가 일품이었다. 그의 몸에서는 강렬한 투기가 느껴졌다.

삼열은 이런 분위기가 좋았다. 공이 투수의 손을 떠나 포수의 미트에 꽂히는 소리나 방망이에 공이 맞는 소리가 너무나 좋았다.

1번 타자 남우열은 내야 땅볼로 아웃되었고, 2번 타자는 우익수 뜬공으로 역시 5구만에 아웃되었다. 3번 타자는 어이없게도 삼구 삼진을 당했다. 비교적 공수가 빠르게 이루어졌다.

삼열은 옆에 있는 같은 후보선수인 차문열에게 말을 걸었다.

"상대 투수, 좀 던지는 것 같지 않아?"

"그런데요. 제구력이 뛰어난 것 같아요. 우리 타자들이 쉽게 치지 못할 것 같아요."

대체로 쉬운 상대라고 여긴 학교였는데 투수의 수준이 높아서 공략이 어려워 보였다.

대광고는 송치호 투수가 선발로 나와 공을 던졌다. 홈 플레이트를 꽉 채우고 들어간 공은 초구가 스트라이크였다. 2구는 변화구로 헛스윙을 유도하더니 3구는 빠른 직구로 삼진을 빼앗았다.

"오, 치호 형. 오늘 컨디션이 좋은 것 같네요."

삼열이 보기에도 송치호는 굉장히 몸이 좋아 보였다. 2번 타자가 초구를 치고 1루로 살아 나갔다. 송치호는 간간이 견제구를 던지며 주자를 1루에 묶어놓더니 후속 타자를 내야 땅볼을 유도해서 병살로 가볍게 1회를 마무리했다.

"와우, 굉장하다!"

뒤에 앉아 있던 김진수가 송치호의 투구를 보고 감탄했다. 그의 말이 아니어도 삼열도 보는 눈이 있다. 오늘따라 송치호의 투구에는 힘이 있었다.

상대 투수 박찬영은 4회까지 거의 퍼펙트에 가깝게 경기를 운영해 나갔다. 그러나 5회가 되고 그의 체력이 떨어지면서 제구가 흔들렸다.

그 틈을 타 2번 타자 남우열이 밋밋하게 떨어지는 변화구를 노리고 쳐서 2루타를 만들었다.

이어 2구째 던진 직구가 실투로 바운드 되자 남우열이 3루로 도루했다. 그리고 다음 타자가 외야 플라이로 1점을 얻었다. 득점을 하자 대광고 선수들의 실력이 빛을 발하기 시작했다.

이후에도 대광고는 펄펄 날았다. 송치호가 7회까지 던져 1실점을 했고, 경기는 8 : 3으로 승리했다. 생각 외로 상대 팀의 투수가 빨리 무너진 것이 결정적이었다.

숙소로 돌아온 유승대는 기분이 좋아 아이들에게 삼겹살을 구워주었다. 모두 신이 났고 삼열도 자신이 속한 팀이 승리하자 기분이 좋았다.

삼열은 지글지글 익어가는 삼겹살을 먹으며 미소를 지었다. 고기를 여러 명이 같이 먹으니 아주 맛있었다. 줄어드는 고기를 보며 야구부원들은 아쉬운 표정을 지었다.

부영고나 대광고나 실력이 거기서 거기였는데 오늘은 송치호가 잘 던져 승리를 쉽게 따낼 수 있었다.

부영고의 실책이라면 투수 로테이션을 한 박자 늦게 한 것 외에는 별로 없었다. 하지만 그것만으로도 한쪽으로 기운 승리의 흐름을 돌릴 수 없었다.

청소년 야구는 실력도 실력이지만 그날의 분위기에 따라 승패가 결정되는 경우가 많았다. 아직 나이가 어려 그날의 기분에 따라 실력이 들쭉날쭉해지는 것이다.

모레 시합하는 상명고는 중위권의 실력을 가진 학교다. 절대로 쉬운 상대가 아니다. 그래서 유승대 감독은 학생들에게 고기를 사주며 분위기를 고양시키는 것이다.

하루를 쉬고 다음 날 아침 일찍 일어난 삼열은 아이들을 깨웠다. 가볍게 동네를 몇 바퀴 돌고 아침을 먹었다.

분위기는 나쁘지 않았지만 상대 팀이 생각보다 강팀이어서 문제였다. 그래서 선수들은 아침을 먹는 내내 다들 긴장하고 있었다.

'이거 좋지 않은데.'

느낌이 좋지 않았다. 마치 싸우기도 전에 상대방에게 압도 당한 느낌이다.

야구장에는 상명고에서 5백 명이 넘는 학생들이 응원을 와 있다. 오늘 선발 등판하는 송치호가 조금 불안해 보인다.

삼열은 의도적으로 호흡을 길게 했다. 마치 불안한 감정을 떨쳐 버리기 위한 것으로는 이보다 더 좋은 것이 없다는 식으로.

마침내 경기가 시작되었다. 송치호가 1구를 던졌다. 깨끗하게 날아가는 직구가 미트에 꽂히고 주심의 스트라이크 판정 소리가 크게 들렸다.

'괜한 걱정을 했나?'

삼열이 안도하는 순간, 실투로 공이 한가운데로 몰리자 상대 타자가 방망이를 크게 휘둘렀다.

딱!

맞는 소리를 들으니 넘어갈 것 같다. 그러나 공이 다행히 펜스에 부딪치고 바운드되어 2루타가 되었다.

중견수 오동탁이 재빨리 펜스에 맞아 튀어나온 공을 잡아 2루수 남우열에게 던졌고, 상대 타자는 가까스로 2루에 세이프 되었다.

수비에서는 문제가 없었는데 송치호가 흔들리고 있는 것이 느낌이 안 좋았다. 제구가 잘될 때는 상당히 좋다가 나쁠 때는 걷잡을 수 없을 정도로 쉽게 무너지는 것이 그의 특징이다.

수준급의 실력을 가지고 있으면서도 에이스가 되지 못하는 것은 투구의 기복이 심했기 때문이다.

2번 타자가 나와 포볼로 걸어나갔다. 3번 타자에게 폭투를 던져 2루 주자가 3루로 뛰었다.

다행한 것은 1루 주자가 도루할 준비를 하지 못해 뛰지를 못한 것이다. 포수 심재명이 재빨리 공을 잡자 1루 주자는 움찔하고 뛰지를 못했다.

그러나 2루 주자는 이미 베이스에서 많이 나온 상태라 가볍게 3루로 안착했다.

포수 심재명이 타임을 부르고 마운드로 올라가서 송치호를 안정시키고 내려왔다. 이는 매우 적절한 타이밍에 올라간 것이다. 다행스럽게도 송치호는 이후 안정을 찾아 1점만 내주고 1회를 마쳤다.

공수가 교대되고 상대 투수가 마운드에서 공을 뿌렸다. 미트에 감기는 소리가 심상치 않았다. 역시나 경기가 시작되자 상대 투수는 굉장한 공을 던지기 시작했다.

삼열은 놀라 일어서서 상대 투수가 어떻게 공을 던지는지 주의 깊게 바라보았다.

몸이 굉장히 유연한 선수였다. 덩치는 별로 크지 않았고 몸이 좀 마른 편이었음에도 불구하고 구속이 최소 140km/h는 나오는 것 같았다.

전광판에 스피드건으로 측정한 시속은 나오지 않았지만 이제까지 보던 공과는 차원이 달랐다.

"와, 굉장한데?"

"정말이네요."

김진수가 이번에도 상대 투수의 공에 감탄했다. 저 정도 던지는 선수면 분명 알려졌어야 함에도 무명인 것을 보면 이번에 새롭게 발굴한 선수 같았다.

이창욱, 상명고의 1학년이다. 어릴 때부터 야구를 해왔지만 외야수를 하다가 투수로 전향하여 세간에 알려지지 않았다. 그래서 구질이 아직까지는 다양하지 않은 것이 흠이라면 흠이었다.

하지만 제구력이 상당하여 직구와 커브 두 가지 종류의 공을 던지고 있음에도 대광고의 선수들은 속수무책으로 당하고 있었다. 순식간에 1회 말이 끝나고 다시 송치호가 마운드로 올라가 공을 던졌다.

1회와는 달리 안정을 찾았는지 그는 제법 던지기 시작했다. 하지만 타선이 돌아 두 번째를 맞으면서 공이 조금씩 맞기 시작하면서 1점씩 내주다 보니 5회에는 어느새 3 : 0이 되었다.

하지만 상대 팀 투수의 구위가 여전히 위력적이라 대광고의 선수들은 공략을 못하고 있었다. 타순이 두 바퀴를 돌았음에도 불구하고 여전히 각이 큰 변화구에 속아 삼진을 당하기 일쑤였다.

'이거 감이 너무 안 좋네.'

삼열은 자신이 나가 타석에 서고 싶은 마음이 굴뚝같았다. 아주 조금이지만 타격 훈련도 했기에 할 수 있을 것 같았다. 다른 사람은 몰라도 투수인 그에게는 언제 변화구와 직구를 던지는지 타이밍에 대한 감이 왔다.

게다가 투구 폼도 직구와 커브가 아주 약간 다른 게 보였다. 변화구를 던질 때는 몸이 아주 약간 뒤로 더 쏠렸다. 아마도 변화구의 각을 크게 하기 위해서인 듯싶었다.

삼열은 유승대 감독에게 다가갔다.

"왜?"

유승대가 상대 투수를 바라보다가 삼열에게 얼굴을 돌리며 물었다.

"상대 투수의 버릇을 알아냈습니다."

"버릇?"

"네, 변화구를 던질 때 몸이 뒤로 약간 더 젖혀집니다."

"그래?"

유승대는 이창욱이 투구하는 모습을 유심히 바라보고는 고개를 끄덕였다.

마침 9번 타순이 되어 투수 송치호가 나가야 하는데 상태를 보니 더 이상 던지기 힘들 것 같아 보였다. 그러자 유승대가 삼열을 보며 물었다.

"너 타격 훈련도 좀 했지?"

"네, 조금요."

"그럼 가서 한번 시험해 봐. 나머지는 내가 알아서 처리할게."

"네."

비록 투수로 나서는 것은 아니지만 시합에 나가게 되어 삼열은 즐거웠다.

'일단 상대 투수의 공에 힘이 있으니 많이 던지게 하자.'

삼열은 타석에 서서 상대 투수를 바라보았다. 뒤에서 김진욱이 '파이팅!' 하고 외치는 소리가 들려왔다.

초구는 각이 큰 변화구로 들어왔다.

"볼."

공이 한 개 정도 스트라이크 존을 빠져 있다. 2구는 직구로 스트라이크였다. 역시 구석을 꼭 채운 공이다. 빠르기도 상당하여 뭔가 확 하고 지나간 느낌이다. 3구도 바깥쪽으로 빠지는 스트라이크였다.

삼열은 방망이를 좌우로 흔들며 타격 준비를 했다. 상대 투수의 몸이 뒤로 젖혀지는 것이 미세하지만 느껴졌다. 역시 변화구다.

삼열은 가볍게 방망이를 끌어당겨 툭 쳤다. 공이 낮게 날아가 라인 밖을 벗어나며 파울이 되었다.

'좋은데?'

삼열은 공이 배트에 맞았을 때 묵직한 힘을 느끼고는 조금 더 얇게 끌어당겼다. 의도적으로 파울을 만든 것이다. 그렇지 않았다면 분명히 내야 땅볼이 되었을 것이다.

이창욱이 다시 와인드업을 했다.

'이번엔 직구다.'

역시 삼열은 방망이를 툭 갖다 대었다. 공이 회전하며 공중으로 떴다. 포수가 따라갔지만 공은 이미 관중 속으로 들어가 버린 후였다.

이후 삼열은 볼은 내버려 두고 스트라이크 비슷하게 들어오면 계속 커트를 해내었다. 지금까지 이창욱이 던진 공만 해도 벌써 열다섯 개나 되었다.

이창욱은 얼굴이 붉어졌다. 뭐 이런 놈이 있나 하는 표정이다. 스트라이크 비슷하게 던지기만 해도 커트를 하고 볼은 내버려 두었다.

그렇다고 타격을 잘하는 것도 아니다. 기껏 한다는 것이 공을 끌어당겨 의도적으로 파울을 만드는 것이다.

하지만 그의 구위는 조금도 떨어지지 않았다. 이제는 자존심 싸움이다. 아까부터 포수가 4구를 주고 거르자는 사인을 보내고 있었지만 그는 거절했다.

'이것도 칠 수 있나 보자.'

이창욱의 공은 홈 플레이트를 꽉 채우고 스트라이크 존으로 들어왔다.

다시 삼열이 툭 하고 공을 끌어당겨 파울을 만들어냈다. 구질이 두 개밖에 없는 그가 변화구인지 직구인지 알게 되었으니 안타는 몰라도 이렇게 스트라이크 존에 들어오는 것을 커트하는 것은 그다지 어렵지 않았다.

삼열의 시력은 굉장히 좋은 편에 속했다. 전설적인 타자 테드 윌리엄스만큼은 아니지만 140km/h를 던지는 그의 공이 분명하게 보였던 것이다.

테드 윌리엄스는 십만 명 중 여섯 명밖에 나오지 않는 확률로 눈이 좋았다. 그는 몸에 나쁜 것은 일절 먹지 않고 물과 우유만 마시고 시력에 방해되는 것은 반드시 피했다.

부모의 무관심 속에서 자란 윌리엄스는 잘 때도 방망이를 안고 잤고 어디든 방망이를 가지고 다녔다. 삼열이 늘 야구공을 가지고 다니며 손에 익히는 것처럼 말이다.

"볼."

18구째의 공이 마침내 볼로 선언되자 삼열은 천천히 1루로 걸어나갔다. 이창욱은 얼굴을 구기며 마운드 주위를 천천히 돌았다. 화가 많이 나는 모양이다.

1번 타자 남우열은 타석에 들어서며 삼열을 향해 눈을 찡긋했다. 이 모양이 이창욱의 자존심을 상하게 했다. 어디 한번 당해봐라 하고 그는 전력을 다해 던졌다.

펑.

"스트라이크."

미소를 짓고 다시 와인드업하는데 타자의 모습이 왠지 이상했다. 그리고 그의 불안감은 여지없이 적중했다.

변화구가 들어가자마자 안타가 터졌다. 2루수와 우익수 사이를 빠지는 공이라 우익수가 재빠르게 흐르는 공을 잡아챘다.

그런데 놀라운 일이 벌어졌다. 단타에 불과한 그 안타에 삼열이 2루는 물론 3루에 안착하더니 갑자기 속력을 높여 홈으로 뛴 것이다.

상명고의 우익수 장지철은 순간 너무 놀라 공을 떨어뜨릴 뻔했다. 급히 홈으로 송구하자 이번에는 1루에 있던 남우열이 2루로 뛰었다.

가볍게 1점을 획득한 삼열은 선수들과 하이파이브를 한 후에 숨을 헐떡이며 의자에 앉았다. 그 이후에는 투수 이창욱이 난조에 빠지면서 자멸하였다.

대광고의 야구부는 사실 삼류이지만 타자들의 실력이 그다지 나쁜 편은 아니었다.

물론 야구의 명문인 덕수고나 광주일고, 천안북일고, 부산고 등에 비하면 많이 처지지만 그 외의 학교들과 비교하면 차이가 별로 나지 않았다.

이는 대광고의 감독 유승대가 뛰어난 타자 출신이기에 가능한 이야기였다. 그러나 아무리 타자가 뛰어나도 야구는 투수가 시원치 않으면 별수가 없다.

5회가 끝나자 감독이 삼열을 불렀다.

"던질 수 있겠어?"

"한번 해보겠습니다."

"투심은 확실히 익혔지?"

"네."

"그럼 나가서 1, 2회 정도 틀어막아. 이대로 가면 잘하면 승리할 수 있을 거다."

"네."

이미 4 : 3으로 대광고가 역전한 상태이다. 삼열은 마운드
에 올라 공을 던지며 구위를 확인했다. 묵직하게 들어가는 공
이 오늘따라 감이 좋았다.

'좋았어. 이 정도면 해볼 만해.'

삼열은 미소를 지으며 상대 타자를 바라보았다.

유승대는 좀 전 삼열이 1루에 있다가 3루를 돌아 홈으로
들어오는 모습에 자신도 모르게 벌떡 일어났었다. 원래 하루
종일 뛰는 놈이라는 것은 알고 있었지만 이렇게 빠를 줄은 전
혀 예상하지 못했다.

게다가 타자로 나서서 호투하고 있는 상대 투수의 공을 툭
툭 건드려 결국 18구까지 던지게 만든 후 포볼로 걸어나가 투
수가 자멸하도록 만든 지능적인 플레이에 입을 다물지 못했
다.

원래 머리가 좋은 놈인 줄은 알았지만, 1루로 천천히 걸어
가는 것을 보며 생각보다 훨씬 더 대단한 놈이라는 것을 깨달
았다. 그래서 혹시나 하고 투수로 올린 것이다. 여차하면 즉시
뺄 생각을 하고서 말이다.

그런데 마운드에서 연습 투구를 하는데 공이 포수의 미트
에 꽂히는 소리가 심상치 않았다. 삼열이 90km/h로 던졌을 당

시 타자들에게 난타당한 이유는 구속도 구속이지만 던질 줄 아는 것이 포심 패스트볼뿐이었기 때문이다.

그러나 이제 투심 패스트볼까지 익혔다면 지난번처럼 쉽게 당하지는 않을 것이다.

유승대는 자기 생각이 맞는다고 확신하고 삼열이 마운드에서 공을 던지는 것을 지켜보았다. 연습 투구가 끝나고 삼열은 유격수와 우익수를 불렀다. 그러자 1루수와 2루수, 그리고 3루수까지 모여들었다.

삼열은 그들을 바라보며 작게 말했다.

"내야 땅볼이 많을 거야. 딴생각하다가 실수하면 서울 올라가서 운동장 서른 바퀴씩 돌 줄 알아."

"헉!"

"안 돼!"

삼열의 말에 모두 강하게 머리를 흔들었다.

"자, 그럼 우리 모두 파이팅!"

"파이팅!"

삼열이 선창하자 선수들이 따라 외쳤다.

주심이 주의를 주려고 나오자 선수들은 재빨리 제자리로 돌아갔다. 주심은 삼열을 한 번 노려보고 들어갔다. 그런 파이팅은 연습 투구를 던지기 전에 해야 한다는 눈빛이다.

상명고의 공격은 5번 타자 장동혁부터였다. 그는 유독 송치호의 공을 잘 공략하던 선수다.

'저놈은 선구안이 좋았지. 그리고 바깥쪽이 상당히 강했으니 몸쪽 공을 주로 던져야겠군.'

정말 장동혁의 몸은 앞으로 나와 있었다. 이런 경우는 위협구라도 던져서 플레이트에서 떨어지게 만들어놔야 투구하기가 쉬워진다.

삼열이 꽉 찬 몸쪽 공을 던지자 타자가 깜짝 놀라 뒤로 피했다.

펑.

"스트라이크."

'굳이 삼진을 잡을 필요가 없지.'

삼열은 제2구를 던졌다. 공이 한가운데로 가다가 몸쪽으로 휘어져 들어갔다.

펑.

"스트라이크."

삼열이 다시 공을 던졌다. 그러자 타자는 크게 방망이를 휘둘렀다.

3구는 노리고 있었는지 방망이에 맞았으나 내야 땅볼이 되고 말았다. 3루수 오종록이 재빨리 앞으로 달려와 공을 받아 1루에 던졌다.

"아웃."

다음 6번 타자는 왼손 타자였다.

'이놈은 크게 휘두르는 습관이 있지.'

지금도 배트의 끝을 잡고 있는 것이 힘에는 자신이 있는 것 같아 보였다.

삼열은 한가운데로 공을 던졌다. 그런데 공이 가다가 다시 바깥쪽으로 휘어져 들어갔다. 공이 가운데로 몰려오자 타자는 힘껏 방망이를 휘둘렀지만 빗겨 맞았다. 다시 3루 수비수가 뛰어와 공을 침착하게 잡아 1루로 던졌다.

"아웃!"

7번 타자는 타격은 별로였고 수비는 아주 잘하는 이치명이다.

'저런 놈이 가끔 사고를 치지. 오래 던질 것도 아니니 집중하자.'

몸쪽 꽉 찬 공이 들어오자 그가 얼떨결에 방망이를 휘둘렀다. 데굴데굴 굴러간 공이 라인을 벗어났다. 파울볼이다.

2구는 바깥쪽으로 빠지는 유인구다. 이번에도 여지없이 방망이가 따라 나왔다. 타자 근처에서 공이 휘어지니 어떻게 해볼 도리가 없는 것이다.

펑.

"스트라이크."

삼구는 느린 투심이었다. 125㎞/h에서 갑자기 95㎞/h로 바뀌자 방망이가 지나간 다음에 공이 들어갔다.

"스트라이크."

유승대는 벌떡 일어나 삼열이 던지는 공을 보고는 입을 떡
벌렸다. 구속이 저번보다 훨씬 나아졌기에 쉽게 점수는 주지
않으리라고 생각했는데 역시나 삼열이 너무나 잘 던지고 있는
것이다.

그는 삼열이 이렇게 쉽게 6회 초를 마무리할 것이라고는 생
각조차 하지 못했다. 어차피 송치호를 제외하고는 그다지 잘
던지는 선수도 없고 해서 던져 보라고 한 것인데 정말 의외였
다.

"굉장하군."

유승대 감독은 자기도 모르게 중얼거렸다.

그는 갑자기 호흡이 가빠졌다. 잘하면 매끈한 에이스가 하
나 나올 것 같았기 때문이다. 아니, 에이스여야만 한다. 투수
만 제대로 받쳐 준다면 대광고는 지금보다 훨씬 좋은 성적을
얻을 수 있는 팀이다.

6회 말, 대광고는 새로 바뀐 투수에게 또 말려들어 1점도
내지 못하고 이닝을 마무리했다.

삼열은 다시 마운드에 올랐다. 구속이 그다지 빠르지 않았
음에도 상명고의 타자들은 속수무책이었다.

"도대체 뭐지?"

사람들이 수군거렸다.

상명고의 장동혁이 공수가 바뀌자 수비를 하기 위해 나가면서 중얼거렸다.

"×발, 공이 언제 나오는지 보지도 못했단 말이다."

"뭐?"

"공을 끝까지 감춘다고, 저 새끼는."

유승대는 그제야 삼열의 투구를 생각했다. 큰 키에 긴 팔, 그리고 유연한 허리로 몸의 체중을 공에 실었는데 공을 손끝에 의도적으로 숨겨 보이지 않게 한 것이다.

"허참, 할 말이 없네."

전국 1등이라고 하더니 뭐가 달라도 달랐다. 겨우 포심과 투심밖에 던지지 않으면서도 타자들을 꼼짝 못하게 한다는 것은 아무리 생각해도 이해되지 않는 일이다. 그것도 야구를 한 지 몇 달 되지도 않은 초보가.

'혹시 사이 영과 같은 과일까?'

지금 메이저리그의 사이영상을 만든 전설적인 투수. 사실 그는 당대 최고의 투수는 아니었다. 물론 그가 511승이라는 놀라운 업적을 남겼지만 투수 최고를 가리는 상을 만들고 이름을 지으려고 했을 때, 바로 그 전 해에 그가 죽은 것(1955년)이 결정적이었다.

사이 영은 22년 동안 단 한 번도 부상을 당하지 않았고 19년

간 평균 26승을 하였다.

사이 영은 천재적인 머리로 타자를 분석했으며, 무엇보다도 마지막까지 공을 숨겨서 던졌다. 그런데 저 애송이가, 이제 투구를 배운 지 몇 달도 안 된 놈이 공을 숨겨서 던진다?

공을 끝까지 숨기면 어떤 일이 벌어지느냐 하면 타자가 히팅 타이밍을 잡기 대단히 어려워진다. 그리고 공이 중간에서 불쑥 나타난 것처럼 보여 실제보다 더 빠르게 느껴지기도 한다.

"설마 아니겠지."

유승대는 고개를 흔들었다. 그래도 전국 1등을 하는 놈이라 혹시 하는 마음이 있다.

삼열은 의자에 앉아 상대 투수의 공을 분석했다. 슬라이드의 각이 제법 예리하고 변화구도 잘 던진다. 다만 직구의 속도가 그다지 빠르지 않다는 것이 문제였다.

잘 던지기는 해도 뭔가 부족하다는 느낌이 드는 투수이다. 고교야구에서 중요한 것은 사실 구속이다. 제구력이 워낙 좋다면 몰라도 구속이 빠르지 않으면 프로에 가서 성공하기가 힘들다.

다양한 구질은 프로에서 배워도 된다. 그러나 기본적으로 공이 빠르지 않으면 난타당하기 십상이다. 변화구도, 슬라이드도 빠른 직구가 받쳐줘야 제 위력이 나타나기 때문이다.

삼열은 공을 던지는 내내 마음이 편했다. 마치 어머니의 자궁 속에 다시 들어간 듯 안온한 느낌이 들었다.

"아, 이 느낌이야."

삼열은 1구 1구를 던질 때마다 그토록 원하던 꿈을 던진다는 것에 감격했다. 그리고 타자들의 특성을 대부분 파악했기에 생각보다 쉽게 그들을 막을 수 있었다.

역시 투수란 타자를 파악하고 있으면 상당히 유리하게 경기를 이끌고 나갈 수 있는 매력적인 포지션이다.

이날 삼열은 끝까지 던져 4 : 3으로 승리를 지켜내고 승리투수가 되었다.

시합이 끝나자 여기저기에서 축하를 해주어 삼열은 정신이 없었다. 그동안 서먹하게 지내던 부원조차 다가와 그를 껴안고 좋아했다.

숙소로 돌아오는 내내 삼열은 구름 위를 걷는 느낌이었다. 도무지 믿기지 않았다. 시합에 출전만 해도 다행이라고 생각했는데 갑자기 승리투수가 된 것이다.

"와우, 대단했어!"

아직도 감동의 여운이 남았는지 주장 김오삼이 다시 삼열에게 말했다.

모두가 기쁜 날이었다. 상명고를 이길 것이라고는 감독도 선수들도 생각하지 못했다. 사실 상명고는 급이 다른 학교였다. 그런데 이긴 것이다.

다음 상대는 상대적으로 약한 한성고이다, 한성고만 이기면 4강에 들어가니 다음 경기가 굉장히 중요했다.

삼열은 수화에게 전화했다. 삼열이 시합하기 위해 이곳으로 내려오기 전끼지 수화는 삐쳐 있어서 말도 잘 하지 않았는데 오늘은 웬일인지 반갑게 전화를 받았다.

삼열은 그게 너무나 좋았다.

—나 없으니까 어때?

"정말 수화 씨 생각나서 밤에 잠을 못 잤어요."

—정말?

"네."

못 잤다는 것은 뻥이다. 왠지 그래야 할 것 같아 그렇게 말했을 뿐이다. 그러자 수화의 목소리가 달콤하게 변했다.

삼열은 솜사탕처럼 부드럽고 감미로운 수화의 목소리를 들으며 감격했다.

그래서 그는 자신이 승리투수가 되었다는 것을 말하려던 것도 까먹고 말하지 못했다.

삼열은 통화를 마치고 숙소에 들어와 샤워하고 누우니 어깨가 뻐근했다. 잠을 설핏 자고 일어나자 저녁 식사 시간이 되었다.

오랜 이닝을 던진 것도 아니고 전력투구를 하지 않았음에도 처음 가진 시합에 긴장을 많이 해서인지 조금은 피곤했다. 그런데 잠깐 졸았을 뿐인데 완벽하게 회복되었다.

삼열은 거울을 보았다. 잘생긴 얼굴은 물론 아니지만 승리 투수가 되어서인지 자신감이 생겼다.

미카엘을 만난 이후 삼열은 인생이 변했다. 그날따라 평소에 하지 않던 착한 짓을 한 결과가 놀랍게도 루게릭병을 이길 수 있게 해줬다.

게다가 천사처럼 예쁜 여자를 애인으로 사귀게 되었다. 꿈에 그리던 야구까지 하게 되고 오늘은 생애 첫 승리투수가 되었다.

삼열은 믿을 수 없어 손으로 자신의 볼을 꼬집어보았다. 따끔한 통증이 꿈이 아니라는 사실을 말해준다.

"흐흐흐흐."

삼열은 자신도 모르게 음침한 웃음을 터뜨렸다. 마침 삼열을 찾아 저녁을 먹으러 가자고 온 포수 심재명이 그 웃음을 듣고 몸을 흠칫 떨었다.

삼열은 정신없이 웃다가 주위에 누가 있는 것을 알아차리곤 뒤를 돌아보았다.

"뭐야?"

"아, 그게… 형, 저녁 먹으러 안 가요?"

"아, 저녁. 먹어야지."

이제까지 삼열에게 형이라고 하지 않던 심재명이지만 그 음침한 웃음소리를 듣자 왠지 그래야 할 것 같아 자신도 모르게 형이라고 불렀다.

아직은 괴팍한 성격이 많이 남아 있는 삼열은 남들이 자신을 뭐라고 부르든 상관이 없었다. 예전처럼 무시하고 욕만 안 하면 되었다.

"가야지, 밥 먹으러."

"네, 그럼 빨리 가요."

심재명은 재빨리 뛰어갔다. 속으로 그는 다음부터는 삼열에게 까불어서는 안 되겠구나 생각하면서 뛰었다.

*　　　*　　　*

삼열은 야구부원들이 자리를 잡은 음식점으로 갔다. 숙소에서 가까운 곳 중 단체로 식사가 가능하면서도 밥을 많이 주는 식당이어서 다들 만족해했다.

"어서 와라."

유승대가 그동안 한 번도 안 하던 친절한 말을 삼열에게 했다.

삼열은 고개를 숙이고 인사하며 속으로 중얼거렸다.

'저 인간이 이런 말을 할 사람이 아닌데 뭘 잘못 먹었나?'

삼열은 유승대 감독의 성격이 지랄 같다는 것을 이미 알고 있었다. 야구부원이라면 누구라도 모를 수가 없었다.

"형, 먼저 드세요."

옆에 있던 조영록도 삼열에게 수저를 주며 멋쩍게 웃었다.

"어, 그래. 고맙다."

밥을 먹고 숙소로 돌아왔다. 지방인데도 밤하늘에는 별이 별로 보이지 않았다. 그는 흐릿한 별 무리를 보면서 나지막하게 중얼거렸다.

"이제는 정말 투수가 되었구나. 그래, 끝까지 가보는 거야."

삼열은 주먹을 꽉 쥐고 결심했다.

"동양인 최초로 사이영상을 받는 투수가 되자."

사이 영의 본명은 덴더 트루 영이다. 사이(CY)는 마이너리그에서 포수가 그의 공이 태풍 사이클론처럼 빠르다고 붙여준 별명이다.

그는 메이저리그에서 511승을 했다. 그중에 완투가 무려 749경기이고 이를 이닝으로 계산하면 무려 7,356이닝에 해당한다. 가히 철의 어깨를 가진 선수라 할 수 있다.

사이 영은 역사상 가장 위대한 투수라 일컬어지는 월터 존슨보다 공이 빨랐다. 월터 존슨은 417승에 110완봉승을 따낸 전설적인 투수이다.

사이 영이 던진 시기에는 볼에 반발력이 없는 야구공을 사용했기에 홈런이나 장타가 잘 나오지 않았다. 그는 그 덕에 267승을 아주 가볍게 거두었다.

사이 영이 활동하던 전반기는 타자가 1루로 걸어나가려면 아홉 개의 볼을 골라야 하던 투수 전성시대였다. 그래서 투수들은 그토록 놀라운 대기록을 작성할 수 있었다.

오늘은 아쉽지만 일찍 잠자리에 들어야 했다. 시합이 바로 다음 날 잡혀 있기 때문이다.

고교야구에서 투수가 혹사당하는 이유 중 하나는 팀에 던질 만한 대체투수가 없기 때문이다. 또한 촉박한 시합 일정도 한몫했다.

고등학교는 열악한 재정으로 장기간의 리그를 감당할 만한 여유가 없다. 그래서 작년부터 고교야구에 주말 리그를 도입했다. 일주일에 한 번 주말에만 모여 야구를 하는 것이다.

하지만 청룡기대회나 지금과 같은 전국체전은 짧은 기간 내에 승부를 내야 하기에 경기 일정이 촉박할 수밖에 없었다.

어제 송치호가 던졌기 때문에 오늘은 전광열이 1회부터 던지게 되었다. 송치호는 어제 경기에서 난타를 당해 후보에 이름을 올리지 못했고 대신 차민석과 삼열이 후보에 등록되었다.

유승대는 고민이었다. 상대 팀의 실력이 만만하여 해볼 만한데 투수진이 너무나 약했다. 그나마 쓸 만한 송치호는 어제 공을 많이 던졌기 때문에 오늘은 등판할 수 없어 아예 후보 명단에도 이름을 올리지 않았다.

그렇다고 어제 던진 삼열을 다시 올리자니 어딘가 불안했다. 아직 그에 대한 확신이 없었다.

삼열은 경기가 시작되자 상대 팀 투수의 투구를 유심히 살펴보았다.

기초는 제법 튼튼해 보이지만 평범했다. 직구의 구속도 130 km/h 전후이고 커브도 밋밋하게 들어왔다. 다만 간간이 날아오는 싱커가 그런대로 쓸 만하였다.

대광고의 선제공격.

1번 타자 오동탁이 안타를 치고 나갔고, 2번 타자 남우열은 포볼로 1루에 나갔다. 무사 1, 2루.

모두 승리의 여신이 대광고 편에 있다고 느낄 무렵 3번 타자 박상원이 싱커를 때린 공을 1루수가 다이빙해서 잡았다. 그가 1루를 찍고 재빨리 2루에 던져 간발의 차로 아웃되고 말았다. 병살타였다.

2루 주자는 3루로 갔지만 4번 타자 조영록이 삼진을 당하면서 1회가 맥없이 끝나 버렸다. 갑자기 싸한 한기가 대광고 더그아웃에 몰려들었다. 특히 병살타를 친 박상원은 고개를 들지 못하였다.

전광열이 나름 역투를 했지만 수비 실수가 많아 1회에 2점을 내주고 말았다.

공수가 바뀌자 대광고의 선수들은 풀이 죽었다. 득히 평범한 내야 땅볼을 실수로 더듬다가 1점을 내준 박상원은 얼굴이 검게 변했다. 그는 병살에 수비 실책까지 해서 고개를 더욱 못 들었다.

한성고의 실력이 좋지 않음에도 불구하고 대광고는 1회에 일어난 병살 때문에 분위기가 안 좋았다. 게다가 팀의 중심인 4번 타자가 삼진까지 당했으니 분위기는 최악이었다.

전광열은 3회까지 5점이나 내어주고 강판당했다. 그는 호투를 했음에도 불구하고 패전의 멍에를 질 신세가 되었다. 3회까지 내준 5점 중 4점이 비자책 점수였으니 그는 기분이 나빠 얼굴을 구기고 있다.

유승대는 이제 시합을 포기하고 될 대로 되라는 심정으로 삼열을 마운드에 올렸다.

삼열은 이 경기를 지든 이기든 별 상관이 없었다. 자신은 야구를 배운 지 몇 달밖에 안 되었고 이런 전국체전에서의 승리가 별 의미가 없다는 것을 너무나 잘 알고 있었다.

하지만 마운드에 오르는 것은 너무나 기분이 좋았다. 한 번이라도 더 마운드에 오르면 그만큼 경험이 늘게 되니 그로서는 불감청 고소원이었다.

어깨는 자고 나서 깨끗하게 회복되었기에 문제가 되지 않왔다.

삼열은 마운드에 올라가자마자 신호를 해서 2루수와 유격수를 불렀다. 나머지 내야를 수비하는 1, 2, 3루수도 모여들었다.

"자, 이번에 정신 차리지 않으면 마흔 바퀴씩이다. 이전 실수는 잊어. 실수만 없다면 내가 자장면 곱빼기에 탕수육 쏜다."

"콜."

3루수 오종록이 가장 먼저 대답했다.

"나도 콜."

"저번처럼 맞춰 잡을 거야. 알았지?"

"알았어요."

삼열은 마운드에 올라 가볍게 연습 투구를 뿌리고는 4번 타자 김태성을 맞이하였다.

'이 선수는 정교한 타구를 하는 놈이니 공 반 개 정도 빼서 유인해야 걸려들겠군.'

삼열은 낮게 투심을 던졌다. 중앙으로 가던 볼이 갑자기 몸 쪽으로 붙었다.

딱.

공이 데굴데굴 구르자 3루수가 재빨리 튀어나와 1루로 던졌다.

"아웃."

공의 무브먼트가 아주 좋아 배트의 중심에 맞지 않은 것이다. 삼열은 두 번째 타자를 만나 1구만에 내야 땅볼로 잡아버렸다. 세 번째 타자가 안타로 걸어나갔으나 후속 타자를 가볍게 삼진으로 잡아버렸다.

4회 초를 실점 없이 지나가자 선수들의 얼굴이 한결 밝아지기 시작했다.

"자, 한번 해보자고!"

"자, 파이팅!"

삼열이 실점 없이 이닝을 마무리하자 대광고 선수들은 분위기가 달라지는 것을 느끼며 파이팅을 외쳤다.

"민수야, 날려 버려!"

8번 타자 유민수는 유격수다. 동료들이 자신을 응원하자 쑥스러운 듯 머리를 긁었다. 그는 사실 수비 실력은 훌륭했지만 타격은 별로였다.

그런데 운이 되려고 했는지 상대 투수가 마침 제구에 문제가 생기더니 포볼로 걸어나갔다.

"와우, 내 차례네."

삼열은 방망이를 흔들며 타석에 섰다. 1루에 있는 민수에게는 뛰지 말라고 눈치를 주었다.

투수의 실력은 상명고의 이창욱과는 비교도 안 될 정도로 형편없었다.

'뭐 이런 투수의 공을 못 쳤지? 일단 힘을 빼놓자.'

삼열은 스트라이크로 들어오는 공은 툭툭 쳐내고 볼은 내버려 두었다. 그러자 투수가 화가 나는지 굉장히 신경질적인 반응을 보이며 공을 던졌다.

공이 어깨로 날아와 피하는 척하며 몸을 돌리자 살짝 스쳤다. 히트 바이 어 피치드 볼이다. 삼열은 느긋하게 1루로 걸어 나갔다. 어제와 같은 상황이다.

유승대 감독은 그 모습을 보며 혀를 찼다.

'우리 팀 선수지만 저 녀석 저거 악랄한 놈이네.'

유승대는 속으로 욕을 하였지만 얼굴은 미소를 짓고 있다.

1루로 걸어나간 삼열은 1루수를 보고 있는 선수에게 말을 걸었다.

"반갑다."

1루수가 그를 보고 피식 웃었다. 그도 조금 전에 삼열이 한 짓을 알고 있었다.

"왜, 또 일부러 몸에 공 맞으려고?"

"그것도 기술이지."

1루수의 키는 그리 작지 않은 편이었는데 196㎝에 이르는 삼열에 비하면 아주 왜소하게 보였다.

"내가 뛸까, 안 뛸까?"

"×발, 꼴리는 대로 해."

"×발, 그럼 뛴다!"

삼열은 괜히 소리를 질렀다.

"야, 뛴다!"

"맘대로 하라고, ×발 놈아!"

공을 던지려던 투수의 귀가 삼열이 한 말에 쫑긋거렸다.

지금 2루에 주자가 있으니 1루수가 단독으로 뛴다는 것은 있을 수 없는 일이다. 두 명의 주자가 동시에 더블 스틸을 한다는 것인데, 그것을 이렇게 대놓고 알려주면서 시도하는 법은 없다.

어쨌든 1루에 있는 삼열이 신경 쓰인 한성고 투수 장명부는 1루를 견제하기 시작했다. 삼열이 베이스에서 조금 떨어져 '뛴다!' 하고 소리를 지르자 반사적으로 장명부가 1루 쪽으로 공을 뿌렸다.

삼열은 공이 오는 것을 보고 귀루를 하면서 슬쩍 1루수의 어깨를 밀었다. 공을 잡으려던 1루수는 삼열의 방해로 놓치고 말았다. 공은 글러브를 스치고 뒤로 굴러갔다. 그것을 본 삼열이 소리쳤다.

"뛰어!"

그는 소리를 지르며 번개처럼 2루로 달렸다. 1루수는 재빨리 공을 주워 2루로 던지려고 하였지만 삼열은 이미 2루 베이스를 밟고 있었다.

"시발, 개 같은 새끼!"

1루수는 삼열이 의도적으로 부딪친 것을 알고 있었지만 부심은 그렇게 보지 않았다. 급히 귀루를 했고 삼열이 할리우드 액션을 했기에 이 모든 일이 너무나 자연스럽게 보인 것이다. 1루수는 부심에게 수비 방해라고 어필했지만 인정되지 않았다.

평상심을 잃은 장명부가 공을 던졌고, 1번 타자 오동탁이 배트를 휘둘렀다.

타구가 3루 라인에 바싹 붙어 좌익수를 지나치자 삼열은 가볍게 홈까지 파고들었다. 오동탁은 2루까지 진루할 수 있었다. 삼열은 동료 선수들의 환호를 받으며 더그아웃에 들어섰다.

"형, 멋졌어요."

"나야 항상 멋지지."

"……."

대광고는 4회에서 3점을 얻고 공수 교대가 되었다. 삼열은 히죽 웃었다.

한성고는 생각보다 약체여서 타자를 요리하는 것이 어렵지 않았다. 그리고 대광고가 공격에서만큼은 한 수 위였다.

그동안 점수를 내준 것은 투수가 약해서였지 실력 면에서는 대광고 선수들이 조금 더 나은 편이었다. 특히 주루 플레이만큼은 아주 독보적이었다.

이미 타자들의 특성을 대부분 기억하고 있는 삼열은 맞춰 잡으며 5회도 무사히 마쳤다. 상대 타자의 입장에서 보면 직구 하나밖에 안 던지는데 포심과 투심을 섞어 던지니 타격하기가 쉽지 않았다.

게다가 삼열은 아주 간간이 느린 투심 패스트볼을 던져 타이밍을 뺏기도 했다. 그렇게 되니 상대는 속수무책이다. 그러는 사이에 대광고는 사기가 올라 매회 득점을 올렸다.

6회가 되자 상대 투수가 바뀌었고, 삼열은 바뀐 투수를 상대로 여전히 비겁한 짓을 일삼았다. 스트라이크는 커트해 버리고 볼은 내버려 두는.

이는 아마추어 야구에서 말하는 페어플레이 정신에 반하는 행동이다. 결국 투수는 삼열을 포볼로 1루에 진루시키고 말았다.

"반갑다."

"×발 새끼, 졸라 비겁한 놈."

"……."

"왜, 이번에는 안 뛰어?"

"뛸 거야."

"아까처럼 구라 치는 것은 아니고?"

"속는 놈이 바보지."

화가 난 1루수가 주먹을 들었지만 옆에서 노려보는 부심 때문에 바로 손을 내렸다. 삼열은 어깨를 으쓱하면서 놀렸다.

그때 투수가 와인드업을 했다. 투수의 공이 떠나는 순간 삼열은 번개처럼 달려 2루에 도달했고, 포수는 2루로 던지려고 하다가 멈추었다.

삼열과 이야기하던 한성고 1루수는 어이없는 표정으로 2루에서 촐싹거리는 삼열을 바라보았다.

"새끼, 정말 뛰었군."

다시 1번 타자 오동탁이 나와 내야 땅볼을 치는 사이에 삼열은 3루 베이스를 밟았다. 이후 외야 플라이에 홈에 들어와 득점했다. 6 : 5로 역전에 성공하자 대광고 선수들은 크게 환호하며 기뻐했다.

유승대는 벌떡 일어나 손뼉을 치며 좋아했다. 오늘 경기를 버릴 생각으로 삼열을 올렸는데 경기를 뒤집은 것이다.

무엇보다도 삼열이 마운드에 서면서 대광고 선수들의 집중력이 높아진 것이 고무적인 일이었다. 실수를 많이 하던 선수들이 갑자기 돌변하여 무결점 수비로 상대 타자를 압박하여 역전에 성공한 것이다.

'저놈이 물건은 물건이군.'

유승대는 아주 교묘하게 상대의 허점을 이용해 승기를 가져오는 삼열의 영리함에 무서움을 느끼면서도 강한 매력을 느꼈다.

삼열은 상대 팀이 보면 재수 없는 놈에 불과하지만 같은 팀에게는 더할 나위 없는 분위기 메이커였다.

"좋았어. 승리할 수 있겠군."

결국 대광고는 한 점을 더 내주고 8 : 6으로 승리했다. 경기가 끝나자 모두 삼열에게 몰려와 서로 껴안으며 승리를 축하했다. 삼열이 9회 마지막 타자를 가볍게 삼진으로 잡으며 승리를 지킨 것이다.

대광고 선수들은 숙소로 돌아오는 내내 모두 기쁜 소리를 지르며 노래를 불렀다. 초반 분위기가 이상하게 변하는 바람에 오늘 경기에서 질 뻔했다.

야구라는 것이 점수를 내야 할 때에 내지 못하면 경기를 힘들게 끌고 나갈 수밖에 없게 된다. 약체 팀의 특징 중 하나가 분위기가 가라앉으면 있는 실력도 발휘하지 못하고 사정없이 침몰한다는 것이다.

그런 분위기를 삼열이 마운드에 오르면서 끊었다. 오늘 지고 있던 게임을 역전으로 이겨서인지 팀 분위기는 최고였다.

*   *   *

유승대 감독은 저녁에 자비로 삼겹살 파티를 했다. 짠돌이 감독으로서는 유례가 없는 일이다.

삼열은 오늘의 승리로 더더욱 자신감을 가질 수 있게 되었다. 비록 약체 팀을 상대로 올린 승리지만 두 경기 다 지던 경기를 뒤집었다는 것이 중요했다.

게다가 직구밖에 던지지 않았음에도 승리한 것이라 더욱 의미가 있었다. 이제 변화구나 싱커, 슬라이더 중에서 하나만 더 장착해도 자신이 있다.

지금은 투심 패스트볼이 싱커처럼 타자 쪽으로 휘어져 들어가지만 각이 크지 않았다. 무브먼트가 좋다 보니 맞아도 단타나 내야 땅볼이 되었지만 언제까지 그게 통할지 알 수 없었다.

삼열은 빨리 새로운 구질을 배워야 할 필요성을 느꼈지만 지금은 전국체전 중이라 어떻게 할 수가 없었다.

투수가 새로운 구질을 하나 개발하는 것은 쉬운 일이 아니다. 커브와 직구를 던지는 투구폼이 조금이라도 다르면 타자가 금방 눈치챈다.

따라서 투수가 공을 던질 때 손목의 힘이 중요한 것이다. 손목의 변화에 따라 다양한 구질이 나오고 공의 속도도 차이가 난다. 손가락의 힘도 그래서 필요한 것이다.

외계인이라는 별명을 가진 페드로 마르티네스는 95마일의 강속구를 던지는데, 주 무기인 서클 체인지업을 패스트볼과 똑같은 투구폼으로 던졌기에 타자들이 속수무책으로 당했다.

게다가 그는 중지가 비정상적으로 길어 서클 체인지업을 던지면 역회전이 엄청나게 길렸다. 손가락이 긴 투수가 더 유리한 공을 던질 수 있게 되는 이유가 바로 공의 회전과 관계가 있기 때문이다.

그런데 아무리 매력적인 공을 던지는 투수라 하더라도 상대 타자에게 투구폼이 읽히면 난타당하는 것은 시간문제다.

무슨 구질의 공을 던질지 미리 알고 타격을 하니 뭐가 무섭겠는가. 그래서 에이스급 투수의 투구폼은 한결같았다.

삼열은 운이 좋아 오늘은 자신이 승리투수가 되었지만 직구만으로 승부하기가 쉽지 않다는 것을 절실하게 느꼈다.

이상영의 말대로 아직은 마운드에 설 수 있는 자격이 갖추어지지 않은 것이다. 1실점으로 막을 수 있던 것도 상대 팀을 자극하고 꼼수를 부려 겨우 지킨 것이다.

"젠장, 뭘 해보려고 해도 할 수가 없군."

삼열은 나직하게 중얼거렸다. 포심도 투심도 똑같은 직구다. 투심은 다만 무브먼트가 좋아 장타를 맞지 않을 뿐이다.

그래서 던진 것이 느린 투심이었다. 직구를 기다리는 타이밍에 아주 느린 투심을 던지며 타자들의 타이밍을 뺏곤 했다.

하지만 그 역시 직구다.

'직구 하나로 더 버틸 수 있을까?'

삼열은 머리를 좌우로 흔들었다. 아무리 전국체전 수준이 별로라 하더라도 4강에 오른 팀들은 제법 실력이 있을 것이기 때문이다.

"마음을 비우자."

다음 상대 학교가 정해졌다. 신흥 야구의 명문으로 떠오르고 있는 홍덕고였다. 홍덕고는 남영고에게 7회 12 : 2라는 점수 차로 콜드게임 승을 거두고 올라왔다. 남영고와 대광고의 전력이 엇비슷한 수준이니 대광고가 승리하기란 거의 불가능하다.

유리한 점이 있다면 홍덕고는 시합이 끝난 다음 날 경기를 하고 대광고는 하루를 쉬었다는 정도이다.

삼열은 어제 홍덕고와 남영고의 시합을 지켜보았다. 지금의 대광고로서는 무리인 팀이다. 일단 투수진부터 달랐다.

홍덕고의 에이스 박상덕은 직구 구속이 거의 140㎞/h 후반이었고 슬라이더에 커브까지 뭐 하나 흠잡을 데가 없었다. 그렇다고 타자들이 못하냐 하면 그것도 아니었다.

결국 대광고는 홍덕고와의 경기에서 5 : 2로 패하고 말았다. 삼열이 마운드에 올랐지만 별수 없었다.

이미 홍덕고에서는 삼열이 직구 하나밖에 못 던진다는 것을 알고 나온 터라 난타를 당하지 않은 것을 위로로 삼을 뿐이다.

그래도 전국체전에서 의외의 성과를 거두었기에 서울로 올라오면서도 부원들의 표정은 나쁘지 않았다.

몇 명 있는 3학년을 위해 우승을 했으면 좋았겠지만 어차피 기대를 별로 하지도 않았던 터라 전국체전 4위라는 결과는 만족스러웠다.

이번에 전국체전에 참가하고 나서 야구에 대한 자신감을 가질 수 있게 된 것이 삼열에게는 가장 좋은 일이었다. 무엇보다도 이전에 이긴 두 팀보다는 4실점을 한 흥덕고와의 경기에서 얻은 바가 많았다.

오랜만에 온 집이 매우 정겹게 느껴졌다. 역시 집 떠나면 고생이라는 말이 괜히 나온 말이 아니었다. 비좁은 방에서 다섯 명이 자면서 얼마나 불편했는지 모른다.

딩동.

문을 열자 수화가 환하게 웃으며 서 있다.

"어서 와요."

오랜만에 만난 연인은 제대로 인사도 하기 전에 서로 입술을 마주치며 탐닉했다.

"하아!"

수화가 뜨거운 한숨을 내쉬자 삼열의 손이 그녀의 머리를 어루만졌다.

서로를 탐하며 정열을 불태운 뒤 아득한 소리로 삼열이 속삭였다.

"보고 싶어 죽는 줄 알았어요."

"정말?"

"네."

거짓말이다.

삼열은 전국체전 내내 야구를 한다는 흥분으로 인해 거의 수화를 생각할 겨를도 없었다. 하지만 사실대로 말하면 수화가 싫어할 것이기에 천연덕스럽게 거짓말을 한 것이다.

거짓말은 하면 할수록 늘고, 또 하다 보면 어떤 말을 했을 때 상대가 좋아하는지 알게 되어 더욱 교묘해진다.

"어땠어?"

"우리 팀이 4위 했어요."

"와, 대단한데?"

"운이 좋았어요. 약체 팀하고 붙었거든요. 그리고 나는 2승이나 거뒀어요."

"정말?"

"네, 당연하죠."

수화는 감탄하며 상체를 세워 그윽한 눈으로 삼열을 바라보았다. 따뜻하고 포근한, 사랑이 가득한 눈빛이다.

저녁을 먹고 서로 웃고 떠들다가 수화는 집으로 돌아갔다. 거리를 걷는 그녀의 발걸음은 나비처럼 우아했다.

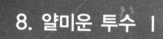

8. 얄미운 투수 ㅣ

일요일이 되어 삼열은 야구교실에 가서 이상영을 만났다.

혼날지도 모르겠다고 생각했지만 시합을 하면서도, 그리고 끝나고서도 끊임없이 투구 연습을 한 덕분에 투구폼이 흐트러지지는 않았는지 그는 별다른 말을 하지 않았다.

"흠, 연습을 많이 했구나."

가만히 삼열의 투구를 지켜본 이상영이 칭찬을 했다. 그의 말에 삼열은 안도의 한숨을 내쉬었다.

"이제부터 변화구를 배워야 내년 경기에 나갈 수 있겠군. 그래도 팀이 어느 정도 성적을 거둬야 프로 구단에서도 관심을 가질 터이니 말이다."

"네, 열심히 배우겠습니다."

"그래, 너야 뭐 살릴 데니 거정은 하지 않는다. 너는 야구를 하기에는 아주 좋은 체격을 가지고 있어. 큰 키, 긴 팔과 긴 손가락 등 무엇 하나 나무랄 데가 없다. 지렛대의 원리에 의하면 팔이 길다는 것은 그만큼 더 큰 힘을 발휘할 수 있다는 것이다. 게다가 키도 크니 위에서 아래로 공을 내리꽂으면 같은 구질이라도 그 위력이 엄청나지. 공에 몸의 체중을 싣고 구질을 다양화한다면 네 공은 쉽게 공략당하지 않을 것이다. 늦긴했지만 너 정도 노력이면 가능할 것 같기도 하니 열심히 해보자."

"네, 형님."

삼열이 이번에 전국체전에 참가하여 2승을 거뒀다는 말에 이상영은 상당히 놀랐다.

전국체전에 참가하는 학교의 수준이 높지 않다고 해도 이제 야구를 배운 지 얼마 안 된 초보가 직구 하나로 2승이나 거두었다는 것은 굉장한 일이었다. 그래서 그는 삼열에 대해 더욱 확신할 수 있게 되었다.

사실 그는 삼열이 얼마나 노력하는지 자세히는 알지 못했다.

육체의 한계를 극복하기 위해 날마다 믿을 수 없을 만큼의 운동을 한다는 것을 어떻게 그가 알 수 있겠는가.

육체가 버틸 수 없을 정도로 극한까지 몰아치는 그의 운동법은 사실 평범한 사람은 상상도 할 수 없는 것이다.

"아직 투심 패스트볼이 완벽하지 않으니 이번 주까지는 기존대로 연습하고 다음 주부터 커브를 배워보도록 하자. 네가 손가락이 길어서 포크볼과 스피릿 핑거 패스트볼도 던질 수 있을 것 같기는 하다만 일단 가벼운 것부터 시작하자. 너는 이제 걸음마를 시작하는 단계이니 말이다."

"네, 알겠습니다."

이상영은 삼열에게 커브를 잡는 방법을 가르쳐 주었다. 그립을 쥐고 익숙해지도록 연습은 하되 실제로는 던지지 말도록 주의를 줬다.

커브는 변화구 중에서 가장 오래된 구질이다. 투수가 커브를 제대로 구사하면 타자를 쉽게 삼진으로 잡을 수 있다.

그러나 변화구는 쉽게 배울 수는 있어도 완벽하게 구사하기는 매우 힘들다. 또한 커브가 제대로 구사되지 않으면 타자에게 장타를 얻어맞기 쉽다.

변화구를 가장 잘 던지는 투수로는 LA다저스의 샌디 코팩스를 들 수 있는데, 그는 1963년에는 트리플크라운, 리그의 MVP와 사이영상, 그리고 월드시리즈 MVP를 수상했다.

또한 2002년에 사이영상을 받은 배리 지토의 변화구도 언터처블이었으나 구질이 단순하고 타자들에게 커브가 읽히자 난타당하기 시작했다. 이는 직구의 구속이 좋아도 마찬가지다.

투수가 프로에서 통하려면 변화구만으로는 힘들다. 그렉 매덕스만큼 다양한 구질을 던질 수 있어야 하는 것은 아니지만 단순하면 쉽게 공략당하게 된다.

삼열은 하루도 거르지 않고 투구 연습을 하며 공을 손에서 놓지 않았다. 심지어 화장실에 갈 때도 공을 들고 갔다. 자신이 늦게 선수 생활을 시작한 것을 너무나 잘 알고 있기 때문이다.

삼열은 까칠한 야구공의 실밥을 손으로 문지르며 공이 가지는 미세한 반발력을 손으로 느꼈다.

무엇보다 삼열은 손목 운동을 쉬지 않고 했다. 손목의 힘이 공을 던질 때 얼마나 중요한지 귀에 딱지가 앉을 정도로 들었기 때문이다.

홈런 왕 행크 애론이 그다지 크지 않은 덩치에도 불구하고 홈런을 755개나 칠 수 있었던 이유는 엄청나게 빠른 손목의 회전과 손목 힘 때문이었다고 한다.

투수가 공에 몸의 체중을 실어서 던진다 하더라도 가장 기본적인 것은 결국 손목의 힘이다. 공을 뿌리는 것은 손목이지 몸이 아니기 때문이다.

아직 성장이 다 끝나지 않은 삼열은 우유와 철분제를 먹으며 운동을 했다. 지난 1년 동안 키가 2㎝ 더 자랐으니 아직은 성장이 끝난 게 아니었다. 또한 어깨도 많이 넓어졌다.

특별히 근육을 만들려고 하는 것이 아니었기에 단백질 식품을 따로 구해서 먹지는 않았지만 육류를 많이 먹게 되면서 의도적으로 채소도 많이 먹었다.

이렇게 하자 가계 식비가 차지하는 엥겔지수가 엄청나게 증가했지만 이는 어쩔 도리가 없었다.

전국체전이 끝나자 야구부 훈련이 거의 없어졌다. 날씨가 쌀쌀해지면서 부상의 위험도 있고 해서 기본 훈련만 하고는 개인 훈련은 알아서 하도록 했다.

삼열은 특이한 신체적 기능 때문에 이전보다 더욱 강하게 훈련했다.

그런 모습을 보며 야구부원들은 고개를 절레절레 흔들었다. 그러면서도 한 명, 두 명 그를 따라 훈련에 참여하는 부원이 늘어났다.

결정적인 것은 이렇게 같이 훈련을 한 학생들에게만 삼열이 자장면을 산다는 것이다. 그러자 자장면을 얻어먹으려는 학생들이 늘어나면서 훈련에 참가하는 야구부원들이 많아졌다.

인간의 몸이란 쓰면 쓸수록 강해지게 되어 있다. 물론 무리를 하지 않아야 한다는 전제가 붙지만 말이다. 그러다 보니 야구부원은 뛰고 또 뛰었다.

모든 운동의 기본은 달리기이다. 굵은 허벅지로 상징되는 남성미의 완성노 이 달리기에서 시작한다.

"헉, 헉!"

"에이고, 더 못 뛰겠다!"

"헉헉! 시바, 자장면 얻어먹기 졸라 힘드네."

"헉헉! 운동선수가 뛰어야지, ×발아."

"누가 뭐래?"

시간이 지날수록 낙오되는 학생들이 생겼지만 삼열은 아랑곳하지 않고 뛰고 또 뛰었다. 그 모습을 본 송치호가 중얼거렸다.

"저건 인간이 아냐, 터미네이터지."

"맞아, 그게 정답이다."

야구부원들은 꼭 자장면을 얻어먹으려고 뛰는 것은 아니었다. 그들도 이렇게 해야 한다는 것을 알고 있어서이다.

전국체전에서 4강에 올랐다는 것이 이들에게 일말의 희망을 가져다주었다. 한번 승리를 해보니 그 감격을 잊을 수 없었던 것이다.

한 번 하니 계속하고 싶었다. 그리고 자신들의 실력이 야구의 명문고와 만나도 해볼 만하다는 것을 아주 조금이라도 자각하게 된 것이다.

삼열이 마지막 피치를 올려 운동장을 돌고는 헉헉거리며 쓰러져 쉬고 있는데 송치호가 다가왔다.

"저, 형."

"응?"

"저기, 뭐 하나 물어봐도 돼요?"

"헉헉, 말해."

숨을 거칠게 내쉬며 삼열이 대답했다.

"형, 따로 투구 배우고 있으시죠?"

"응, 그렇지. 아니면 내가 어떻게 공을 던질 수 있었겠어?"

"저, 저도 같이하면 안 될까요?"

"그래? 안 될 것은 없는데 미리 허락을 받아야 할 거야. 굉장한 분이시거든."

"아, 네. 어떻게 안 될까요? 꼭 부탁드려요. 우리 학교는 투수코치가 없잖아요."

"그래, 투수들에게는 무척이나 힘든 학교지."

삼열도 송치호의 말에 고개를 끄덕였다. 야구를 시작했어도 제대로 된 도움을 학교에서 받을 수 없다. 얼마나 답답하면 사설 야구교실에서 도움을 받으려고 했겠는가.

"그런데 수강료가 좀 있어."

"얼마나 해요?"

"한 회에 20."

"헉, 좀 비싸긴 하네요."

"그렇지도 않아. 그분이 가르쳐 주면 실력이 금방 늘어. 나를 봐. 난 야구공을 삽는 법도 몰랐잖아"

"그렇긴 하죠. 그럼 부탁 좀 드릴게요."

"알았어. 여쭤는 볼게."

2학년인 송치호도 다급했다. 남들 못지않은 구질을 가지고 있지만 구위가 들쭉날쭉해서 어떻게 할 수가 없었다. 이제 대학에 진학해야 하는 그로서는 정말 절실했다.

송치호는 처음 야구교실에 왔을 때 이상영을 보고 놀라 말도 제대로 하지 못했다. 한국의 전설적인 투수 가운데 한 명인 이상영 투수를 그가 모를 리 없었다.

이상영은 처음 송치호의 투구를 보고는 고개를 갸웃거렸다. 별 이상한 점을 찾지 못한 것이다. 그러다가 그는 손뼉을 치더니 고속 캠코더로 그의 투구 동작을 녹화했다. 그리고 마침내 문제점을 찾아냈다.

송치호는 투구할 때 오른발 뒤꿈치가 3루 쪽으로 향해 무게중심이 3루 방향으로 쏠렸다. 그래서 팔의 각도가 달라지곤 했던 것이다.

이는 랜디 존슨이 제구력에 어려움을 겪고 있을 때의 원인과 동일했다.

이상영은 그 사실을 기억해 내고는 놀란 라이언이 랜디 존슨에게 한 방법과 똑같이 해보았다. 그가 메이저리그에 있을 때 투수코치이던 존 삼에게 이야기를 들은 것을 기억해 낸 것이다.

투구할 때의 밸런스가 고쳐지자 송치호의 구위가 한결 좋아졌다. 그전에는 제대로 공에 힘을 실어 던지지 못하던 그가 투구폼을 교정하고 나자 구속이 빨라지고 공 끝의 무브먼트도 날카로워졌다.

자신의 고질적인 제구력 난조가 고쳐졌을 뿐만 아니라 구위마저 좋아지자 송치호는 삼열을 만날 때마다 고맙다는 말을 했다.

투수가 공을 던지는 것은 생각보다 정교하고 예민한 작업이다. 잘 던지다가도 체력이 저하되면 투구폼이 흐트러지게 되고, 그런 상태에서 계속 공을 던지게 되면 나쁜 투구폼이 몸에 배게 된다.

그렇게 되면 투수 생명이 위험해지기도 한다. 그래서 투수는 누구보다도 체력 훈련을 많이 해야 한다.

"형, 고마워요."

"뭘. 너 이제 많이 늘었지?"

"네, 형과 이상영 선생님 덕분이에요."

"네가 자질이 있었으니까 가능한 것이지. 선생님이 말씀하셨듯이 투구폼이 굉장히 중요해. 그러니 체력 훈련을 제대로 하지 않으면 언제 어떻게 될지 몰라."

"저도 알고 있어요. 그래서 학교에서 연습하고 집에 가서도 따로 연습해요."

"그래, 내년에는 우리 잘해보자."

"예, 형."

방학이 되자마자 송치호는 삼열이 연습하는 것을 옆에서 지켜보고 그대로 따라 하고 했다. 그래서 그도 운동장을 하루에 50바퀴나 뛰었다.

처음에는 너무나 힘들어 죽고 싶을 정도였지만 시간이 지나면서 그 효과가 나타나기 시작했다. 이전과는 비교도 할 수 없을 정도로 튼튼해진 몸이 그에게 자신감을 불어넣어 주었다.

방학이 되어도 여전히 학교에 나와 운동을 하는 삼열과 송치호, 그리고 다른 야구부원들을 보며 유승대 감독은 회심의 미소를 지었다.

사실 삼열이 방학 동안에 학교에서 운동을 한 것은 야구부원들을 괴롭히려고 한 짓이었다. 아이들을 협박해 방학 내내 나오게 만들고는 온갖 훈련을 같이하도록 한 것이다.

덕분에 크리스마스를 그냥 지나쳐 삼열은 수화에게 엄청난 잔소리와 구박을 받아야 했다. 결국 온갖 아부와 함께 근사한 식당에서 밥을 사고 선물을 바치고서야 그는 수화의 잔소리에서 해방될 수 있었다.

삼열은 이제 포심과 투심은 물론 커브도 제법 잘 던질 수 있게 되었다. 원래 구질 하나를 몸에 익히려면 상당한 시간이 필요했지만 아직 삼열은 어렸기에 배우는 속도가 굉장히 빨랐고 또 그만큼 노력도 엄청나게 했다.

삼열은 투심과 포심에 커브를 섞어서 던지는 연습을 했다. 그의 커브는 위에서 떨어지는 각이 커서 타자들이 치기 어려웠다.

봄이 오자 야구부는 다시 모였다. 방학 내내 체력 훈련을 충실히 한 학생들의 눈빛에는 당당한 자신감이 가득했다. 유승대도 야구부원들이 방학 내내 학교에서 훈련한 것을 알고 있었다. 하지만 그는 아이들에게 밥을 사주기 싫어 주장에게 어떻게 훈련하라는 지시만 내리고는 자주 나와 보지 않았다. 그는 말 그대로 짠돌이였다.

3월 17일부터 있는 고교야구 주말 리그에 올해는 대광고도 참여하기로 했다.

3월에서 4월 사이에는 가까운 지역끼리 묶어 경기하고, 5월 말에서 6월 사이에는 황금사자기 고교야구대회가 있다.

그리고 다시 6월부터 7월까지는 광역권 학교의 주말 리그가 있고, 7월 말부터 8월 초까지는 청룡기 고교야구대회가 열린다.

야구 명문고는 방학 동안에 전지훈련도 가고 합숙도 하지만 대광고에게는 꿈과 같은 일이다. 다만 방학 내내 자율적으로 훈련한 것에 만족해야 한다.

다행스러운 것은 주말 리그가 말 그대로 주말에만 열린다는 것이다. 투수진이 열악한 대광고로서는 일주일에 한 번 시합을 하게 된다는 것이 아주 다행스러웠다.

유승대가 훈련을 시켜보니 아이들의 실력이 대단히 발전해 있다. 무엇보다도 투지와 한번 해보겠다는 의욕이 강해졌다.

그도 삼열이 방학 내내 아이들을 골탕 먹이며 훈련에 훈련을 거듭하게 만들었다는 것은 잘 알고 있었다.

삼열은 모든 야구부원이 자발적으로 훈련에 참여하게 되자 그때부터는 상위 20% 안에 드는 아이들에게만 탕수육을 사줬다. 먹는 것에 예민한 나이의 고등학생들은 죽어라 훈련했다.

물론 아이들은 비열한 삼열의 술수를 알았지만 자신들에게도 도움이 되었기에 순순히 따랐다.

주말 리그가 앞으로 2주일밖에 남지 않았기에 야구부는 팀 훈련을 서둘렀다.

유승대는 송치호의 투구가 놀랍게 변한 것을 알고 거의 기절할 듯 놀랐다. 제구력이 정확해졌을 뿐만 아니라 공의 위력도 강해졌고 구속도 더 나왔다. 직구의 구속이 거의 140km/h

에서 145㎞/h까지 나오는 것이다.

삼열은 커브를 완전히 터득해서 던지는 데 무리가 거의 없었다. 몇 달 만에 변화구를 능숙하게 던지는 그의 모습을 보고 유승대는 중얼거렸다.

"괴물이다, 괴물. 저놈은 사람이 아니야."

그러나 삼열이 얼마나 노력했는지를 모르기에 한 말이다.

삶과 죽음의 경계선을 넘나들며 비참한 생활을 해야 했던 삼열에게는 희망의 이름으로 던지는 공이 그 무엇보다 소중했다.

물론 애인인 수화보다는 소중하지 않지만, 그가 살아 있음을 느끼게 해주는 것이 바로 야구였다.

왜 수화가 야구보다 먼저냐 하면 수화의 조기교육의 성과라 할 수 있다. 이성에 무지한 삼열에게 세뇌에 세뇌를 거듭해서 이제 그는 그녀의 말이면 팥으로 메주를 쑨다고 해도 믿을 정도가 되었다.

그녀가 달콤한 말로 귓가에 속삭이면 아무리 마음을 다잡아도 순식간에 무너지곤 하는 삼열이었다.

하지만 그녀는 영리한 여우였다. 삼열이 좋아하는 것을 절대로 방해하지 않고 언제나 격려와 칭찬을 아끼지 않았다.

삼열은 일요일에 수화의 손에 이끌려 거리를 걸었다. 연습을 해야 한다고 주장하다 수화에게 꼬집히고 잔소리를 듣고서야 마지못해 따라나선 것이다. 막상 나오니 삼열도 즐거웠다.

거리의 나무에 새싹이 돋아나고 있는 모습이 무척이나 싱그럽다. 그리고 무엇보다도 화사하게 차려입은 수화의 아름다운 모습에 삼열은 도무지 정신을 차리기 힘들었다.

단정하면서도 예쁜 원피스는 그 어떤 꽃보다 그녀를 아름답게 보이게 했다. 큰 키에 힐까지 신어 늘씬한 수화의 모습은 지나가는 남자들이 뒤돌아볼 정도로 예뻤다.

그녀와 함께 데이트할 때면 이렇게 힐끗거리는 사람들의 시선이 좋으면서도 싫었다. 이런 여자가 내 여자라는 게 은근히 자랑스럽기도 했지만 또 어떤 늑대가 그녀를 노릴지 몰라 걱정도 되었다.

수화는 뭐가 그리 좋은지 아까부터 삼열의 팔에 매달려 연신 종알거리고 있었다. 그 모습이 귀엽고 사랑스러워 삼열은 미소를 지었다.

둘은 목적지도 정하지 않고 손을 잡고 그냥 거리를 걸었다.

"다리 아프지 않아요?"

수화는 사실 아까부터 다리가 조금 아프기는 했다. 하지만 삼열에게 잘 보이기 위해 힐을 신었는데 예쁘다고 해주지는 않고 계속 다리 걱정만 하고 있으니 속상했다.

"쳇."

수화가 토라진 표정을 짓자 삼열은 도무지 자기가 뭘 잘못

했는지 몰라 당황했다. 여자의 섬세한 마음의 변화를 어떻게
삼열이 알아차리겠는가.

"저기, 저기……."

"뭐어?"

"아니, 난 그저……."

말도 제대로 하지 못하고 당황해하는 삼열의 표정에 수화
의 마음이 풀어졌다.

"응, 왜?"

다시 다정하게 변한 수화의 말투에 삼열은 내심 안심하며
오늘 하루를 온전히 그녀를 위해 써야겠다고 결심했다.

"우리 뭐 할까요?"

"우리 영화 보자."

"네, 좋아요."

두 정거장을 걸어가자 영화관이 나왔다. 한 시간을 기다려
영화를 보고 식당에서 저녁을 먹고 집으로 돌아왔다.

"커피 마시고 갈래요?"

"어, 그럴까?"

"네, 그렇게 해요."

삼열이 수화의 팔을 살짝 잡아당기자 그녀는 못 이기는 척
하며 살며시 끌려왔다.

"커피 맛있게 타줄 거야?"

"그럼요. 저를 믿어보세요."

믿기는 뭘 믿는가. 그래 봐야 커피믹스 뜯어서 타줄 거라는 것을 알면서도 수화는 방긋 웃으며 그를 따라 그의 아파트로 들어섰다.

"흐응."

기분이 좋은지 수화는 예쁜 미소를 지었다. 삼열은 서둘러 커피를 타 수화에게 가져다주었다. 그러자 수화는 커피가 맛있다고 칭찬했다.

"이제 어떻게 할 거야?"

"뭐가요?"

"야구, 이제 시합 나갈 거 아냐?"

"그렇게 되겠죠."

"올해는 잘될 것 같아?"

"네. 투수 하나가 실력이 많이 늘었거든요."

"너는?"

"나야 아직 배운 지 얼마 안 돼서 잘 모르겠어요. 변화구를 배웠는데 각이 크기는 하지만 아직 마음에 차지는 않아요."

"잘될 거야. 걱정하지 마."

"고마워요."

둘은 가볍게 입을 맞추었다. 삼열이 더 깊이 키스하려고 하자 수화가 웃으며 얼굴을 뒤로 뺐다.

"왜요?"

"내일 훈련해야 하잖아. 힘 빠져."

"괜찮아요."

"아냐. 시합 전에는 조심해야지. 난 네 앞길에 방해가 되고 싶지는 않아."

수화는 아름다운 미소를 지으며 삼열에게 다시 입을 맞추고 자리에서 일어났다.

"아니, 난 괜찮은데……."

"아냐. 나 이만 갈게."

삼열이 일어나 수화를 잡으려 했지만 어느새 그녀는 그의 품을 벗어나 현관문을 나섰다.

"안녕!"

손을 흔들고 문을 나서는 수화를 보며 삼열은 나직하게 한숨을 내쉬었다.

"아우, 진짜 괜찮은데."

그 말은 진짜였다. 그는 탁월한 회복 능력 덕택에 전날 아무리 무리를 해도 자고 나면 괜찮아지곤 했다. 하지만 수화는 이미 가고 없었다.

수화는 삼열의 아파트를 나서며 아쉬움을 느꼈다. 하지만 그녀는 이렇게 해야 한다고 생각했다.

'나를 너무 쉽게 생각해서는 안 돼. 나의 가치를 그렇게 값

싸게 만들면 절대 안 되지. 나를 소중하게 여기도록 만들어야 해.'

수화는 밀당의 기본에 속하는 남자를 안달 나게 만드는 법을 실천하고 있는 중이었다.

수화가 돌아가는 아파트의 화단에는 개나리꽃이 막 피어나고 있었다.

*   *   *

삼열은 아침조회를 한 뒤 장팔봉 교장의 호출을 받고 교장실로 갔다. 동글동글한 얼굴의 장팔봉 교장이 삼열을 바라보며 물었다.

"삼열 군, 공부는 잘되어 가는가?"

"아, 네. 열심히 하고 있습니다."

삼열은 공부는 하나도 하지 않고 있으면서 천연덕스럽게 거짓말을 하였다.

특별히 공부할 필요성을 못 느끼는 그로서는 이렇게 하는 것이 교장을 안심시키는 것이라는 사실을 누구보다 잘 알고 있다.

"서울대 진학하겠다는 약속은 꼭 지켜야 하네."

"물론입니다. 저는 남자입니다. 한번 약속한 것은 반드시 지

킵니다."

"아주 훌륭한 생각이네."

교장이 이렇게 말하지 않아도 삼열은 서울대에 진학하고
싶었다.

그가 이렇게 생각하는 이유는 수화 때문이다. 어른들이 학
벌을 얼마나 많이 따지는지 잘 알고 있는 삼열은 혹시라도 학
교 때문에 그녀의 부모가 교제를 반대할지 모른다고 생각해
서울대 진학을 결심했다.

나이는 어리지만 작은아버지에게 사기를 당해 거의 빈털터
리가 된 삼열은 사회가 어떻게 돌아가는지 잘 알고 있었다.
그래서 교장의 제안을 거부하지 않고 받아들인 것이다.

교장실을 나와 운동장으로 바로 갔다. 빈 운동장에서 삼열
은 혼자 러닝을 하며 몸을 풀었다. 요즘은 1학년밖에 체육을
하지 않아 운동장이 거의 비어 있을 때가 많았다.

"훅, 훅!"

거칠게 호흡을 내쉬며 삼열은 마지막 바퀴를 최대의 속도
로 달렸다. 시합 날짜가 가까워짐에 따라 예전처럼 체력 훈련
에 큰 비중을 둘 수는 없었다.

창고 두 개를 터서 만든 낡은 야구부실에서 삼열은 수건으
로 섀도 피칭을 하였다.

거울을 보며 자신이 생각하는 포수의 미트에 공을 던진다.

디딤 발에 힘을 주고 투구를 할 때 밸런스가 무너지지 않도록, 그리고 릴리스 포인트도 체크하면서, 또 투구폼이 제대로 되고 있는지 눈으로 직접 확인하는 것이다.

삼열은 스마트폰으로 자신이 투구하는 모습을 녹화해서 보고는 만족스럽게 고개를 끄덕였다. 그리고 작은 아령으로 손목 강화 훈련을 시작했다.

"잘할 수 있어."

삼열은 자신에게 다짐하듯 말하고는 땀을 흘리며 운동에 매진하였다.

점심을 먹고 나서 야구부원들은 모여 전술 훈련을 하였다. 번트 대기, 주루 플레이, 사인 교환 등등을 하며 시간을 보냈다.

유승대 감독은 며칠 전부터 삼열을 따로 불러 타격에 대해 지도해 주었다. 타격 훈련을 제대로 해보지 않았기에 투수의 공을 제대로 칠 수 없던 그는 뛰어난 선구안을 활용해 스트라이크 존에 들어오는 공을 커트하는 것으로 상대 투수를 약 올렸다.

그러나 확실히 방망이 잡는 법 같은 기초에서부터 스윙할 때의 올바른 자세까지 잡아주자 삼열은 이전과는 다르게 안정적인 타격을 할 수 있게 되었다.

유승대 감독은 삼열이 타격에도 재능이 있는 것을 눈치챘다. 무엇보다도 선구안이 좋으니 교타자가 될 확률이 높았다.

메이저리그의 조지 시슬러는 아주 뛰어난 좌완 투수가 될 수 있었지만 타격에 너무나 뛰어난 재능을 가졌기에 타자와 투수를 같이 하다가 나중에는 결국 타자가 되었다.

실제로 메이저리그에는 조시 시슬러 외에도 타자와 투수를 병행한 선수들이 꽤 있었다.

베이브 루스도 강속구를 가진 좌완 투수였다가—풀타임 첫 시즌에 18승 8패를 기록했다—후에 타자로 전향하였다.

고교야구 투수 중엔 타격에도 재능이 있는 선수가 많았다. 유승대는 이런 이유로 타격에 재능이 있어 보이는 삼열을 따로 불러 지도를 해준 것이다.

투구 연습을 하면서 타격 훈련도 해야 하는 삼열은 죽을 맛이었지만 싫은 내색을 하지 않고 열심히 훈련했다.

시간이 빠르게 흘러갔다. 정신없이 훈련하다 보니 어느덧 시합 전날인 16일이 되었다. 삼열도 은근히 긴장되었다.

일찍 훈련을 마치고 집으로 돌아와 쉬는데 수화가 강의를 듣고 그의 집에 들렀다.

수화는 커피를, 삼열은 우유를 마시며 이야기를 나눴다.

"긴장돼?"

"네, 좀 되네요."

"넌 잘할 수 있을 거야. 난 믿어."

"고마워요."

예쁜 애인이 눈을 깜빡이며 믿는다는 말을 하자 마음이 든든해졌다. 그리고 삼열은 속으로 생각했다.

'뭐, 내가 긴장할 필요는 없지. 이제 야구를 배운 지 1년도 안 된 왕초보잖아?'

삼열은 마음을 편하게 먹자 여유가 생기면서 동시에 자신감도 상승했다. 모르는 사람이라도 자신을 믿어준다고 하면 기분이 좋은데 사랑하는 여자가 그런 말을 해주니 오죽하겠는가.

"수화 씨, 고마워요."

"널 진짜로 믿어."

말을 하고 살포시 웃는 수화를 바라보던 삼열은 참지 못하고 와락 껴안았다.

드디어 목동구장에서 야구가 시작되었다. 열 시에 대성고와 신일고의 경기가 있고, 대광고는 열두 시 반에 경성고와 시합이 잡혀 있다.

경기 시간이 점심시간과 애매하게 겹쳐 있어 대광고 야구부원들은 가볍게 김밥으로 점심을 때우고 시합을 준비했다.

"자, 파이팅! 그동안 훈련한 대로만 하면 오늘 승리할 수 있다!"

유승대가 모처럼 부원들을 바라보며 호기롭게 소리를 질렀다.

감독의 격려에 부원들도 주먹을 불끈 쥐었다. 그중에 삼열도 있었다. 기필코 승리하겠다고 다짐하면서.

먼저 경성고의 공격으로 시합이 시작되었다. 대광고의 선발 투수는 역시 송치호였다.

방학 동안 놀랍게 변신한 그의 모습에 유승대 감독은 안심하고 선발로 마운드에 올려 보냈다. 145㎞/h의 직구가 코너워크가 되며 낮게 들어가자 타자는 보면서도 치지를 못했다.

펑!

"스트라이크."

제2구로 각이 큰 변화구가 들어가자 타자의 방망이가 헛돌았다. 3구는 안에서 바깥으로 빠지는 공을 쳐서 타자는 내야 땅볼로 아웃되었다.

이후 두 타자 모두 삼진으로 돌려 세운 송치호는 1회를 끝내면서 삼열을 향해 웃으며 손을 흔들었다.

경성고의 수비가 시작되었다. 상대 투수 장광익은 낮은 스트라이크와 각이 큰 변화구를 던져 1번 타자 오동탁을 투수 앞 땅볼로 처리했다.

1루로 뛰어가던 오동탁은 공이 1루수에게 날아가자 뛰던 것을 멈추었다.

2번 타자 남우열은 느린 변화구를 노리고 쳐서 1루에 진루했다. 그러나 3번 타자 박상원의 방망이가 낙차 큰 커브에 스윙하는 바람에 병살타가 되었다.

양 팀의 투수가 잘 던지자 경기는 지루한 투수전 양상으로 흘러가 5회까지 어느 팀도 점수를 얻지 못하고 0 : 0을 이어 갔다.

"잘 안 되냐?"

"그게… 같은 직구여도 구속이 달라요. 직구를 기다리면 변화구가 오고. 미치겠어요."

3루 땅볼로 아웃되어 들어온 강태식이 고개를 흔들며 삼열에게 말했다. 삼열이 봐도 상태 투수는 공을 제법 던질 줄 알았다.

그래도 이렇게 고전할 정도는 아니라고 생각했다. 선구안만 있으면 얼마든지 공략할 수 있는 투수인데 대광고 선수들이 속수무책으로 당하고 있는 것이다.

삼열이 중얼거렸다.

"하여튼 무식할 정도로 정직하게들 하는군."

삼열은 피식 웃었다. 송치호의 공이 위력적인 직구를 바탕으로 한 변화구라면 상대 투수의 공은 타자들의 타이밍을 뺏는 영리한 투구였다.

유승대 감독이 학생들에게 상대 투수의 투구 패턴을 이야기해 주면서 타이밍을 노릴 것을 말해줘도 경험이 부족한 선수들은 그의 말대로 할 수 없었다.

"어휴, 힘들군."

유승대가 삼열을 흘깃 바라보았다.

'저놈이라면 어찌 해볼 수 있을 것 같은데.'

유승대는 삼열을 놓고 고민했다. 송치호가 잘 던지고 있어서 투수를 교체할 수가 없었다.

"젠장, 이럴 때는 저 악당이 필요한데 난감하네."

유승대는 다시 삼열을 바라보고 입맛을 다셨다. 문제는 삼열이 투수 외에는 다른 자리에서 수비를 볼 수 없다는 점이다.

유승대는 작년 전국체전에서 삼열이 경기에 나가면 팀의 분위기가 좋아진 것을 기억해 냈다.

지금은 팀의 변화가 필요할 때였다. 하지만 잘 던지고 있는 송치호를 마운드에서 내리는 것은 쉽지 않은 일이었다. 그래서 그는 결국 송치호를 불러들이지 못했다.

7회가 되어 송치호가 상대 타자에게 안타를 맞으면서 흔들리자 유승대는 즉각 그를 마운드에서 내리고 삼열을 올렸다.

삼열은 이번에도 구원 등판을 했다. 지금까지 상대 타자를 면밀하게 분석하고 있던 삼열은 자신감 있게 마운드에 올랐다.

삼열은 1루를 흘깃 보았다. 그리고 타자를 향해 손가락 세 개를 내밀었다. 삼구 삼진을 시키겠다는 표시다.

'아웃코너에 약했지?'

삼열의 공은 가운데서 꽉 차게 들어가다가 밖으로 흘러갔다. 투심 패스트볼이다. 타자의 방망이가 헛돌았다.

펑!

"스트라이크."

4번 타자 김민우는 삼열의 도발에 열 받았지만 눈앞에서 변하는 공의 무브먼트를 제대로 볼 수가 없었다. 가운데로 온다고 생각했는데 어느새 공은 자신의 배트 밑으로 휘어져 들어갔다.

삼열은 다시 손가락 두 개를 내밀었다. 이제 공이 두 개 남았다는 뜻이다. 김민우는 자신을 무시하는 상대 투수의 태도에 모욕감을 느꼈다.

삼열이 제2구를 던졌다. 공이 위에서 아래로 떨어지는 각이 큰 변화구였다. 타자는 스트라이크 존을 통과하는 공을 보고도 치지 못했다. 그만큼 휘어지는 각이 컸다.

삼열은 마지막 손가락 하나를 들고 흔들었다.

제3구는 몸쪽으로 파고드는 빠른 포심 패스트볼이었다. 그런데 스핀이 많이 먹었는지 공이 위로 솟는 것처럼 보였다. 공의 속도가 타자 앞에서도 줄지 않아 타자의 입장에서는 공이 솟구치는 것처럼 보인 것이다.

김민우는 방망이를 다급하게 휘둘렀지만 이미 공은 지나간 뒤였다.

삼구 삼진이다. 삼열이 예고한 세 개가 모두 스트라이크로 들어가자 상대 팀 선수들은 동요하기 시작했다. 이를 노리고 삼열이 의도적으로 그런 행동을 한 것이다.

다음 5번 타자를 향해서도 삼열은 손가락 세 개를 펼쳐 보였다. 그리고 아주 쉽게 2구만에 타자를 투수 앞 땅볼로 잡았다. 상대 타자가 삼진을 당하지 않으려고 서두른 탓이다.

다음 타자는 초구를 건드려 유격수가 전진 수비를 해서 잡아 1루에 던져 아웃시켰다. 삼열이 타자 세 명을 잡는 데 던진 공의 개수는 여섯 개밖에 되지 않았다.

*   *   *

더그아웃에 들어온 삼열에게 선수들이 환호하며 물었다.

"형, 아까 그거, 공 세 개로 타자를 잡겠다는 뜻이었어요?"

"아니, 스트라이크가 세 개 남았다는 거였는데."

"네에?"

물론 공 세 개로 타자를 잡겠다는 심사였지만 말은 다르게 했다. 심리학 책을 많이 본 삼열은 상대 팀을 흔들어야 경기가 쉽게 풀릴 것을 알고 그렇게 했다.

사실 베이브 루스가 시카고 컵스와의 월드시리즈 3차전에서 예고 홈런을 친 것은 전날 심장병 어린이에게 한 약속을 지키려고 그런 것이 절대 아니었다.

그 당시 베이브 루스는 상대 팀 더그아웃에서 자신을 놀리는 욕설과 말이 흘러나오자 화가 가서 상대 투수 찰리 루트를 가리키며 욕을 했고, 이후에 그의 홈런이 터진 것이라고 한다.

삼열이 불과 공 여섯 개만으로 스리아웃을 잡는 호투를 하자 상대 투수는 제대로 쉬지도 못하고 공을 다시 던져야 했다.

기세가 오른 대광고 타자들은 지친 상대 투수를 공략하기 시작했다. 5번 타자 강태식이 안타로 1루에 진출했고, 6번 타자 김오삼은 포볼을 골라 다시 진루해 노아웃에 1, 2루가 되었다.

그러나 6번 타자 원도훈이 삼진을 당해 원아웃이 되었다. 7번 타자 유민수가 짧게 끊어 친 공이 1루와 2루 사이를 지나 우익수가 공을 잡아 홈에 송구했을 때 간발의 차이로 2루 주자가 득점했다.

한 시간 반 동안 팽팽하던 균형이 드디어 깨졌다. 8번 타자가 삼진을 당해 9번 타자인 삼열의 타순이 되었다.

삼열은 빙그레 웃으며 타석에 들어서서 거만한 눈초리로 상대 투수를 바라보았다. 그리고 예전처럼 스트라이크는 모두 커트해서 파울볼을 만들기 시작했다.

그 모습을 본 유승대는 고개를 갸웃했다. 타격 훈련을 받아 이제는 제법 공을 칠 줄 아는 삼열이 여전히 투수의 공을 커트하고 있는 것이다. 심지어 밖으로 한 개 정도 빠지는 공도 커트해 버리고 있다.

'설마?'

유승대는 삼열이 일부러 투수를 괴롭히려고 그러는 것임을 알아챘다. 같은 투수이면서 상대 투수를 놀리는 그의 처사가 좋아 보이지는 않았지만 팀을 위해서는 그의 행동이 옳은 것이다.

마침내 투수는 공을 열일곱 개나 던지고 안타를 맞았다. 삼열이 1루에 도착하자 2루에 있던 선수가 홈인했다.

"이런, 루크 애플링이 환생이라도 한 것인가?"

유승대는 주먹을 꽉 쥐고 1루에서 여유 있게 건들거리는 삼열을 바라보았다.

루크 애플링은 20년 동안 홈런은 마흔다섯 개밖에 치지 못했지만 걸어 다니는 부상 병동이자 투수들의 공포로 통하는 선수였다.

그는 상대 투수가 어떤 공을 던지더라도 파울을 만들어내는 능력을 가졌다. 그래서 그는 투수에게 자기가 치고 싶은 공을 던지게 만들었다.

1962년에 명예의 전당에 헌액된 밥 펠러는 100마일(160km/h)을 던졌고, 또 1940년 개막식에서 노 히트를 기록한 투수다.

그런 그에게 루크 애플링은 공을 무려 스물여덟 개나 던지게 하고 볼넷으로 걸어나가기도 했다. 그를 맞이한 상대 팀 투수는 그가 안타를 치고 나가면 오히려 기뻐했을 정도라고 한다.

그의 별명은 걸어 다니는 부상 병동. 그는 항상 동료들에게 부상을 당해 아프지 않은 곳이 없다고 말하곤 했지만 실제로는 아프지 않았다. 상상 부상에 시달린 것이다. 아프다고 한 그날도 그는 경기에서 펄펄 날아다녔다.

사실 삼열은 처음부터 안타를 칠 수 있었다. 장광익 투수는 7회까지 던지면서 이미 투구 수가 여든여섯 개가 넘어갔기에 공의 위력이 상당히 줄어든 상태였다.

그는 이미 한계 투구 수인 100을 넘겨 버리고 말았다. 바뀐 경성고의 투수는 이제 한껏 달아오른 대광고 타자들의 방망이에 무릎을 꿇고 말았다.

이 한 경기로 삼열은 버릇없는 투수, 또는 재수 없는 놈으로 유명해져 버렸다. 게다가 투수로 하여금 공을 의도적으로 많이 던지게 한 것이 알려지자 그의 악명은 더욱 올라갔다.

그가 투수임에도 불구하고 같은 투수를 보호해 주지 않고 치사하게 경기를 했다는 사실 때문에 소문은 더욱 빠르게 퍼져 나갔다.

1승을 가볍게 챙긴 삼열은 은근히 송치호에게 미안했다. 6회까지 그가 잘 던졌음에도 불구하고 승리투수는 자신이 되었으니 말이다.

"형, 축하해요."

"미안하다. 네가 차려놓은 밥상을 내가 날름 가져다 먹어서."

"그게 무슨 말이에요. 형 덕분에 우리 팀이 이겼잖아요. 오늘 정말 환상적이었어요."

송치호는 공을 잘 던졌지만 아직은 너무나 정직한 투구를 했다. 그에 반해 삼열은 상대 타자의 약점을 파고들어 설렁설렁 이닝을 마무리하곤 했다.

삼열은 굳이 쉽게 잡을 수 있는 타자와 힘으로 대결하는 것은 어리석은 일이라고 생각했다. TV중계도 되지 않는 경기에서 전력투구해서 힘을 낭비할 필요는 없었다.

경기에서 승리하고 나자 대광고 야구부원들은 신이 나 돌아오는 버스에서 내내 밝게 이야기를 하며 그 기쁨을 마음껏 즐겼다.

삼열은 한쪽 구석에 앉아 창밖을 보면서 오늘 시합을 복기하고 있었다. 상대 타자들이 어떤 구질을 좋아하며 어떻게 볼에 반응하는지 타격 자세를 보는 것만으로도 지금은 진자이 되었다.

플레이트에 바짝 붙는 선수는 바깥쪽 볼에 대한 집착이 있는 선수이다. 이런 경우 그 선수는 거의 바깥쪽이 약점일 경우가 많았다.

그게 아니면 출루에 대한 집착이 아주 강한 경우이다. 이럴 때는 몸에 붙이는 공을 던져서 타자를 플레이트에서 떨어지게 하지 않고 경기를 하면 끌려다니는 투구를 할 확률도 그만큼 높아진다.

아직까지 상대 팀 타자들은 그의 변화구와 직구의 타이밍을 제대로 맞추는 선수는 별로 없었다. 직구를 던지고 변화구를 던지거나 변화구를 던진 다음 직구를 던지면 거의 속수무책으로 당했다.

특히 직구의 구속이 좋거나 무브먼트가 좋고 변화구의 각이 크면 거의 대부분은 꼼짝없이 당하곤 했다. 특히나 변화구 다음에 빠른 직구를 던지면 안타를 치는 타자가 없었다.

게다가 변화구를 던져서 볼이 된다고 하더라도 느린 공 다음에 빠른 공을 보면 동체 시력은 실제의 공 속도보다 더 빠르게 느낀다.

삼열은 마운드에서 공을 던지면 자신이 살아 있다는 쾌감이 느껴지는 것이 무엇보다 좋았다. 그리고 상대방의 반응을 예측하고 공을 던지는 것에서 강렬한 스릴을 느끼곤 했다.

머리가 좋은 그도 인간의 행동을 모두 예측하기는 힘들다. 사람은 성격이 다 제각각이기 때문이다. 그래서 더 재미가 있었다.

학교에 돌아와 야구부원을 해산하고 유승대는 삼열을 따로 불렀다.

"이리 와서 앉아라."

삼열이 감독이 사용하는 작은 방에 들어서자 유승대가 그에게 자리를 내줬다.

"일단 이번 경기에서 승리투수가 된 것을 축하한다."

"감사합니다."

삼열에게 승리투수의 의미는 없었다. 야구 특기자로 대학에 진학할 것이 아니기에 승패의 전적은 별로 소용이 없었다.

물론 프로로 가기 위해서는 어느 정도 성적이 뒷받침되어야 하지만, 결정적인 경기에서 스카우터들에게 인상을 남기는 것이 더 낫다고 생각했다.

유승대가 삼열에게 물었다.

"아까 경기에서 의도적으로 파울을 만들어냈나?"

"네."

"흐음, 내가 이런 말 하기는 그렇지만 같은 투수로서 그런 행동을 하면 네게 악명이 붙을 거다."

"신경 쓰지 않습니다."

"네가 그렇다면 더 이상 나도 뭐라 하지는 않겠다. 돌아가
도 좋아."

유승대는 이미 삼열에 대해 안 좋은 소문이 퍼진 것을 모
르고 있었다.

삼열은 그런 소문이나 남의 평가 따위는 아무렇지도 않았
다. 지난 2년 동안 학교에서 온갖 악의적인 욕설과 무시를 받
아오던 그다.

삼열은 일요일에 야구교실에 가서 이상영에게 어제 경기한
내용을 이야기했다.

이상영은 역시 개성이 강한 사람이라 삼열이 의도적으로
파울을 만든 것에 대해 뭐라고 하지 않았다. 어차피 그런 문
제는 프로에 들어서는 순간 없어질 것이기 때문이다.

한국에서든 메이저리그에서든 투수가 타석에 설 때 감독은
공격에 대한 기대를 갖지 않는다. 어설프게 공격해서 타점을
올리는 것보다 공을 제대로 던지는 것이 투수에게는 더 중요
한 임무이기 때문이다.

이상영은 시합을 하고 삼열의 투구 자세가 더욱 유연해지
고 완숙해진 것을 보고는 고개를 끄덕였다.

이제 그는 삼열이 프로선수가 될 것을 의심하지 않았다. 그

가 이제까지 가르쳐 온 수많은 학생 중에서 삼열만큼 비약적인 성장을 한 선수는 단연코 없었다.

야구의 재능 면에서는 뛰어나다고 말할 수 없으나 습득 능력에서만큼은 그 누구보다도 우수했다. 그는 이렇게 일찍 완벽하게 구질을 익힌 사람을 본 적이 없었다.

"그래, 주말 리그를 치르고 난 감상은 어떠냐?"

"전국체전에서 본 학교보다 실력이 뛰어난 것 같습니다."

"그렇지. 대학에서 야구 특기생을 뽑을 때 주로 청룡기나 대통령배 전국대회를 참조하니까 말이지."

"아, 네."

"고교야구에서는 직구의 스피드만 받쳐 주면 변화구 하나만 가지고도 상대 타자를 농락할 수 있지. 여기서 구질 한두 개만 더 익히면 완벽해. 그러니 이제부터는 변화구를 갈고닦아라."

"네."

"자, 그럼 연습을 계속하자."

"네."

삼열은 다시 이상영의 지도를 받아 투구 연습을 이어나갔다. 신선한 바람이 불어왔지만 흘러내리는 땀을 다 식혀주지는 못했다. 그만큼 삼열은 열심히 훈련을 하고 또 했다.

삼열이 공을 던졌다. 공이 빠르게 회전하며 날아갔다. 긴 팔을 이용하여 던지는 공은 이젠 서서히 속도가 붙고 있었다.

아직 체중을 실어 공을 던지는 데 완벽하지는 않지만 하루가 다르게 위력적으로 변해가고 있었다.

208cm에 이르는 키에 96.5cm에 이르는 긴 팔로 내리꽂는 랜디 존슨의 공은 직구의 구속이 160km/h, 슬라이더가 140km/h에 이른다.

하지만 랜디 존슨은 무릎이 고질적으로 약했다. 그래서 그는 고교 시절 농구선수를 할 때도 코트에서 오래 뛰지를 못했다.

자연 하체를 이용하여 공을 던지는 것이 힘든 그는 긴 팔의 효과를 극대화하기 위해 남들보다 팔을 뒤로 더 제쳤다.

삼열도 남들보다 팔이 길어 뒤로 팔이 더 많이 내려갔고, 그것은 그의 구속에 엄청난 도움을 주었다.

게다가 삼열은 랜디 존슨처럼 무릎이 약한 것도 아니었다. 누구보다도 강한 허벅지를 가지고 있었고 당연히 무릎도 엄청나게 강했다.

긴 팔과 긴 손가락을 가진 투수가 절대적으로 유리한 것은 손가락이 짧은 투수보다 다양한 구질을 던질 수 있기 때문이다.

삼열은 단순히 손가락만 긴 것이 아니라 악력도 굉장히 강했다. 미카엘에게 훈련받을 때부터 손목 운동과 악력 키우는 운동을 해왔다.

손가락의 힘이 강하면 구속과 공의 회전 속도에도 영향을 미친다.

삼열은 자신의 구속이 상당히 나아지고 있는 것을 알아차렸지만 그것을 누구에게도 말하지 않았다. 지금은 배운 구질을 완벽하게 익히는 것이 훨씬 중요하다고 생각했다. 삼열은 어두운 곳에서 웃으며 중얼거렸다.

"이제 나는 랜디 존슨보다 더 강한 공을 던지게 될 거야."

키는 랜디 존슨보다 훨씬 작지만 이는 오히려 야구를 하는 데 유리했다. 메이저리그 스카우터들의 말에 따르면 198㎝ 이상의 키는 정상적인 투구를 하는 데 어려움이 있다고 한다.

너무 큰 키와 긴 팔을 가진 사람은 일반적으로 근력이 약했다. 랜디 존슨을 제외하고 198㎝ 이상의 투수 중 제대로 메이저리그에서 성공한 사람은 별로 없는 것이 그 증거이다.

신체를 개조하려고 무식하게 운동한 것이 야구를 하는 데 가장 이상적인 몸을 만들어 버렸다.

강철 같은 허벅지와 마라토너보다 더 강해진 심장, 그리고 강력한 힘을 가진 손목과 손가락은 삼열을 점점 괴물로 만들어가고 있었다.

시력은 선천적으로 좋았다. TV를 거의 보지 않는 습관마저 그의 시력에 높은 공헌을 했다. 타격의 신이라고 불리는 테드 윌리엄스만큼은 아니지만 어지간한 투수가 던지는 공은 모두 선명하게 보였다.

너무 늦게 시작한 것을 제외하고는 야구를 하는 데 가장 이상적인 조건이었다.

그리고 미카엘이 삼열의 심장에 심어놓은 붉은 씨앗이 눈을 떴다. 그것은 마치 생명을 가진 것처럼 스스로 꿈틀대며 움직이고 있었다.

『MLB―메이저리그』 2권에 계속…

초대형 24시 만화방

신간 100%, 샤워실, 흡연실, 수면실(침대석), 커플석, 세탁기 완비

■ 강북 노원역점 ■

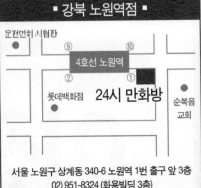

서울 노원구 상계동 340-6 노원역 1번 출구 앞 3층
02) 951-8324 (화용빌딩 3층)

■ 일산 정발산역점 ■

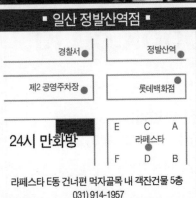

라페스타 E동 건너편 먹자골목 내 객잔건물 5층
031) 914-1957

■ 일산 화정역점 ■

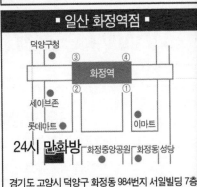

경기도 고양시 덕양구 화정동 984번지 서일빌딩 7층
031) 979-4874 (서일사우나 건물 7층)

■ 부천 역곡역점 ■

역곡남부역 기업은행 건물 3층
032) 665-5525

■ 부평역점 ■

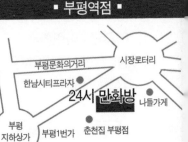

(구) 진선미 예식장 뒤 보스나이트 건물 10층
032) 522-2871

내일을 향해 쏴라

김형석 장편 소설

FUSION FANTASTIC STORY

1만 시간의 법칙!
'성공은 1만 시간의 노력이 만든다' 는 뜻이다.

그러나…
사회복지학과 복학생 수.
전공 실습으로 나간 호스피스 병동에서
미지와 조우하다.

1만 시간의 법칙?
아니, 1분의 법칙!

**전무후무한 능력이 수에게 강림하다!
맨주먹 하나로 시작한 수의
인생역전이 시작된다!**

Book Publishing CHUNGEORAM

승유 퓨전 판타지 소설
FUSION FANTASTIC STORY

환생 마법사
Magician return

빠져나갈 수 없는 환생의 굴레.
그는 내게 마지막 기회를 주었다.

**"이 세계의 정점이 된다면…
네가 살던 곳으로 돌려보내 주겠다."**

대륙 최고를 향한 끝없는 투쟁!
100번째 삶.

더 이상의 실수는 없다.

Book Publishing CHUNGEORAM

유행이 아닌 자유추구-
WWW.chungeoram.com

떡운 장편 소설

FUSION FANTASTIC STORY

전공 삼국지

2세기 말 중국 대륙.
역사상 가장 치열했던 쟁패(爭覇)의
시기가 열린다!

중국 고대문학을 공부하던 전도형,
술 마시고 일어나니 도겸의 둘째 아들이 되었다?

조조는 아비의 원수를 갚으러 쳐들어오고
유비는 서주를 빼앗으려 기회만 노리는데…….

"역시 옛사람들은 순수하다니까.
　유비가 어설픈 연기로도 성공한 데는 다 이유가 있지, 암."

때로는 군자처럼, 때로는 효웅처럼!
도형이 보여주는 난세를 살아가는 법!

Book Publishing CHUNGEORAM

이경영 판타지 장편소설

FANTASY FRONTIER SPIRIT

그라니트

용들의 땅

GRANITE

사고로 위장된 사건에 의해 동료를 모두 잃고 서로를 만나게 된 '치프'와 '데스디아'.
사건의 이면에 상식을 벗어난 음모가 있음을 알게 된 둘은
동료들의 죽음을 가슴에 새긴 채 각자의 고향으로 돌아간다.
2년 후, 뜻하지 않게 다시 만난 두 사람은 동료들의 복수를 위해
개척용역회사 '그라니트 용역'을 설립해 다시금 그 땅을 찾게 되는데……

용들이 지배하는 땅 그라니트!
그곳에서 펼쳐지는 고대로부터 이어지는 운명적 만남,
깊어지는 오해, 그리고 채워지는 상처.

『가즈 나이트』시리즈 이경영 작가의 미래형 판타지 신작!

Book Publishing CHUNGEORAM

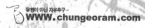
유행이 아닌 자유추구 -
WWW.chungeoram.com

니콜로 장편 소설

FUSION FANTASTIC STORY

마왕의 게임

『경영의 대가』, 『아레나, 이계사냥기』
니콜로 작가의 신작!

『마왕의 게임』

마계 군주들의 치열한 서열전
궁지에 몰린 악마군주 그레모리는 불패의 명장을 소환하지만…:

"거짓을 간파하는 재주를 지녔다고?"
"그렇다, 건방진 인간!"
"그럼 이것도 거짓인지 간파해 보아라."

"-나는 이 같은 싸움에서 일만 번 넘게 이겨보았다."

e스포츠의 전설 이신, 악마들의 게임에 끼어들다!

Book Publishing CHUNGEORAM

유행이 아닌 자유추구 -
WWW.chungeoram.com